小栗上野介（主戦派）VS 勝海舟（恭順派）

—幕府サイドから見た幕末—

島添芳実

Shimazoe Yoshimi

目次

◉主な登場人物

〈小栗上野介関係〉

小栗上野介忠順《ただまさ》……小栗家第十二代当主、徳川幕府存続に尽力した主戦派の旗本
道子……忠順の妻
忠高……忠順の父
國子……忠順の母
忠道（又一）……忠順の養子
小栗忠政……小栗家第二代当主、徳川家康より又一を拝命
塚本真彦……忠順の筆頭用人、遣米使節団に同行
佐藤藤七……上州権田村名主、遣米使節団に同行
栗本鋤雲《じょううん》（瀬兵衛）……幕府医師から目付へ

〈勝海舟関係〉

勝安房守海舟　…軍事取扱、恭順派、江戸城無血開城の立役者、幕末三舟のひとり

山岡鉄太郎（鉄舟）　…幕臣、勝・西郷会談をセッティング、幕末三舟のひとり

坂本龍馬　…土佐の浪人、薩長同盟を演出

杉亭二《こうじ》　…氷解塾（勝の私塾）の塾長、開成所教授方並、日本近代統計の祖

〈徳川幕府・諸大名〉

徳川家茂《いえもち》　…紀州藩主より第十四代将軍へ、第十三代将軍家定の従弟

徳川慶喜《よしのぶ》　…御三卿一橋家の第九代当主から徳川幕府最後の将軍（第十五代）へ

和宮　…孝明天皇の異母妹、徳川家茂の正室

天璋院《てんしょういん》……篤姫、島津本家の養女となり、近衛家の娘として徳川家定御台所へ

木村摂津守芥舟《かいしゅう》（喜毅《よしたけ》）……幕府海軍軍制取締、咸臨丸総督

阿部正弘……老中首座、開明派、福山藩第七代藩主

岩瀬忠震《ただなり》……海防掛目付、日米修好通商条約締結に尽力

井伊直弼《なおすけ》……大老、彦根藩第十五代藩主、小栗忠順を登用、桜田門外で暗殺される

安藤信正……老中首座、陸奥磐城平藩第五代藩主、坂下門外の変で負傷

島津斉彬《なりあきら》……薩摩藩第十一代藩主、開明派

島津久光……薩摩藩主島津忠義の後見人（実父）、斉彬の異母弟

板倉勝静《かつきよ》……老中首座、備中松山藩第七代藩主、伊賀守

小笠原長行《ながみち》……外交担当老中、肥前唐津藩世嗣、壱岐守

大河内信古《のぶひさ》……大坂城代、三河吉田藩第七代藩主、松平伊豆守系

榎本武揚……幕府海軍指揮官、箱館戦争で敗北

原市之進……徳川慶喜の腹心
福地源一郎……外国奉行支配調役兼通詞御用頭取、維新後ジャーナリスト（福地桜痴）

〈反幕勢力〉

西郷隆盛……薩摩藩士、維新の三傑（倒幕・維新の中心人物）
大久保利通……薩摩藩士、維新の三傑（倒幕・維新の中心人物）
木戸孝允（桂小五郎）……長州藩士、維新の三傑（倒幕・維新の中心人物）
岩倉具視……公卿、公武一和派から倒幕派へ、倒幕・維新の中心人物

〈列強〉

フィルモア……アメリカ第十三代大統領
ビッドル……アメリカ東インド艦隊司令長官
ペリー……アメリカ特命全権大使、日米和親条約締結

ハリス……初代駐日アメリカ総領事、日米修好通商条約締結
プルーク……咸臨丸アメリカ側航海指導者
タットノール……ポーハタン号提督
マクルーニー……ロアノーク号提督
カス……アメリカ国務長官
スノウデン……フィラデルフィア造幣局長
ビリレフ……対馬来航のロシア軍艦ポサドニック号艦長
ホープ……イギリス東洋艦隊司令長官
ロッシュ……駐日フランス公使、ベルフーニの後任、幕府支援
カション……フランス人司祭、ジェスイット派、書記官兼通訳
ヴェルニー……フランス人造船技師、横須賀造船所開設指導
オールコック……駐日イギリス公使
パークス……駐日イギリス公使、オールコックの後任、薩摩支援

序章　対峙

【最後の御前会議】

（一）

冬の海が殊更《ことさら》に荒い。

紀州灘から遠州灘にかけて時化《しけ》に見舞われたこともあり、第十五代将軍徳川慶《よし》喜《のぶ》らを乗せた開陽丸は大坂城脱出後延べ六日かけて慶応四年（一八六八）一月十一日に品川沖に到着した。慶喜は上陸するやいなやただちに徳川家の別邸である浜御殿に入った。迎えに出た老中首座の板倉勝静《かつきよ》に命じた。

「勝安房守《あわのかみ》にすぐにここに参るよう伝えよ」

京坂の騒乱から離れてずっと江戸にいた勝安房守海舟は、本氷川坂下の屋敷でおだやかな正月を送っており、松の内の三日からは浜御殿の海軍局に出仕して通常通りの職務にあたっていた。すでに大坂城からの早飛脚が到着しており、鳥羽・伏見の戦いの顚末《てんまつ》に、不吉な予感を募《つの》らせていた。

勝は慶喜帰府を日記に記した。

「十一日、開陽艦、品海《ひんかい》に錨を投ず。使いありて払暁、浜海軍所へ出張。御東帰の事。初めて伏見の転末を聞く。会津公、桑名公ともに御供《おとも》中にあり。その詳説を問わむとすれども、諸官、唯、青色。互いに目を以てし、敢えて口を開く者無し。板倉閣老へ付いて、その荒増《あらまし》を聞くことを得たり。是よりして日に空議と空論と、唯々日を空しくする而巳《のみ》。敢えて定論を聞かず」

呼び出しに応じて勝が駆けつけると、慶喜は庭先で池の鯉に餌を与えていた。

「おう勝か、よう来てくれた」

敗軍の将といった悲壮感はなく、むしろ水戸史観*に従った安堵感さえ漂わせていた。

* （第四章「瓦解」鳥羽伏見の戦い（二）参照）

慶喜は勝にしかできぬ頼みごとがあった。

「安房よ。そちならば薩摩の西郷隆盛や公卿の岩倉具視《ともみ》にも会えよう。そこで頼みじゃが、天璋院《てんしょういん》（篤姫《あつひめ》）様と静寛院宮《せいかんいんのみや》（和宮《かずのみや》）様の助命を何としても認めさせて欲しいのじゃ。お二人は人質に近い思いで徳川家に嫁いでこられた。それなのに、お二人の実家と徳川家は今や敵同士である。そう思うと、お二人が不憫《ふびん》での…」

勝は事ここに至れば遠慮は無用とばかりに問い質《ただ》した。

「それだけにござりまするや…」

慶喜は斯様な大事を頼むからには勝にだけは相応の本心を告げておかねばならぬと思い定めた。

「すべては徳川家存続のためである。

大河内信古《のぶひさ》（大坂城代）らが申すように幕府の軍勢は、あるいは敵方以上やもしれぬ。だが、敵軍には勢いがあり、箱根を砦に防戦しても必ずしも勝てるとは限らぬと思うておる。泥沼の戦《いくさ》となることだけは避けねばならぬ。エゲレスやメリケン、フランスとて油断はならぬ。清朝の二の舞は御免じゃ」

慶喜は照れ笑いを浮かべながら続けた。

「そこで今のうちから朝廷とのわだかまりを解いておきたいのじゃ。

そのためには亡き孝明天皇の妹君で第十四代将軍家茂《いえもち》公の正室であらせられる静寛院宮様、そして亡き島津斉彬《なりあきら》殿の養女にして近衛家の養女になられて第十三代将軍家定公に嫁がれた天璋院様のお力を借りる局面が必ず訪れるであろうと思うておる故にな…」

（何というお方だ。京坂では多くの幕兵を失い、また自ら大坂城を脱出して赤心の将兵を裏切ったにもかかわらず、平然として保身を考えておられる…。世に恐ろしきは勇者に非ずして臆病者なり…）

勝は思いがけずも真理を見出した。

（たとえ幕府が滅びようとも徳川家だけは存続させねばならぬ）

この点は慶喜と結果において同じである。

勝は窮すれば変ずる強さを持つ。己の想いを実現させる道筋を瞬時に描いた。

（上様と西郷殿の心をつかまねば何事もなせぬ）

「近々敵軍が東海道や中山道、北陸道より江戸に迫りくるとの由。幕臣として、死を決して待てば何の憂いもござりませぬ。

これを迎え撃つか、恭順するか、の是非についてはここでは議論いたしませぬ。むしろ放置して百年後の審判に委《ゆだ》ねるべきかと考えおります。

先日のメリケン公使館からの連絡によりますれば、敵軍が兵庫の居留地を襲う恐れありとして、エゲレスとフランスともに軍艦を呼び寄せているとのこと。長崎やこれからの展開次第では横浜も同様となりましょう。某《それがし》はこれを聞いて悲嘆に堪えません。支那では長髪《ちょうはつ》族が乱を起こしてついにはエゲレス・フランスに蹂躙《じゅうりん》されました。今、幕府軍と敵軍が相争い、同じ轍《てつ》を踏むことは断じて避けねばならぬと思うておりまする。

薩摩の西郷殿は敵ながらでっかい男にござります。西郷殿は亡き島津斉彬公を崇拝いたしております。某《それがし》と西郷殿を御引き合わせいただいたのが斉彬公という縁もあります。ここは一番、上様のご意志を実現させるべく西郷殿とやりおうてみましょう」

一刻ほど休んで後、慶喜一行は浜御殿を出て江戸城に入った。慶喜はそのままそそくさと奥に引き籠ってしまった。総大将が敵前逃亡して逃げ帰ってきたのである。登城命令で駆けつけていた閣老・家臣らは冷ややかな目で迎えた。

小栗上野介忠順《ただまさ》が板倉に問うた。

「この先、上様はいかがなさるおつもりでござ候や。よもやこのまま引き下がられるようなことはござりますまいな…」

戦うのか、降伏するのか、あるいは他の解決策はないのか。慶喜の心は千々に乱れていた。

総大将の心が定まらないのである。板倉は答えに詰まって弁解した。

「いずれにしても…御前会議が開かれることになろう。詳しくはその時に明らかになるであろう…」

慶喜は硬軟両策を考えていた。

一月八日に幕府軍艦開陽丸で大坂湾を抜け出し品川港に入る前の十日に、外国奉行山口駿河守をひそかに横浜のフランス公使館に派遣していた。ロッシュ公使からは幕府が決戦に及べばフランスは駿河湾に艦隊を派遣して幕府軍を援護する旨の言質を取り付けていた。

この時点では、慶喜は側近には敵軍と対決する意思を伝えていた。

「…深い見込みもこれあり、ひとまず東帰いたし候。追々申し聞かせし候儀これあるべく候間、めいめい同心協力、国（幕府）のために忠節をぬきんずべし」

そして諸藩へは次のごとく布告し、反撃の意図を明らかにしていた。

「この後の情勢次第では、すみやかに上坂あるべしと心得よ」

その動きとは別に、江戸城に入るや否や静寛院宮の上臈《じょうろう》錦小路を奥座敷に呼んだ。慶喜は一旦上座に座った後、座布団を退けて畳に正座した。宮への伝言であることを強く意識させるためである。

「さる三日上洛しようと鳥羽伏見にさしかかったところ、薩摩勢が行く手を阻《はば》み、よんどころなく戦におよんだ。それが反逆と取られかねないゆえ、ひとまず東帰した。宮にその旨お伝えいたしたく、取り次いでもらいたい」

昨年十月十四日の大政奉還、十二月九日の王政復古宣言（小御所会議）などの出来事は逐次静寛院宮の耳に入っている。宮は錦小路を通じて慶喜に申し渡した。

「内府（慶喜）が、朝敵の汚名を被《こうむ》るようなことをしでかしたのであれば、会うわけにはまいらぬ…」

慶喜は水戸学の申し子であり、朝敵であることを何より恐れる。宮の対応に鋭く衝撃を受けた。

絶望と混乱が深まるなか、慶応四年（一八六八）正月十三日と十四日の両日にわたり御前会議が開かれた。勘定奉行公事方の記録係は御前会議の様子を後に語っている。

「それまでの将軍家御前での奏上は、大名であれ旗本であれ、臣下の礼を取り、頭を垂れて、恐々粛々として言上したものであったが、このときばかりは違った。御前に居並ぶ面々は極度に興奮し、かつ慶喜公の態度があまりに優柔不断であるため、発言する者しない者ことごとく顔を上げ、憤然として席に列し、二百数十年来の習慣と礼儀とは全く異なる御前会議であった…」

この頃になると、慶喜追討の勅旨が下ったことは京から伝わっている。迎え撃つのか、戦わずして恭順するのか、道は二つに一つである。

主戦派の老中小笠原壱岐守が膝を一歩進めて言上した。

「このたびの負け戦《いくさ》は薩摩の陰謀にしてやられたと申せましょう。さすれば恭順するわけには参りませぬ。ましてや将軍家は武家の棟梁におわします。断固、迎え撃つべきにござります」

幕府内で主戦論の立場をとるのは、海軍総裁榎本武揚《たけあき》、歩兵奉行大鳥圭介らであり、会津藩主松平容保《かたもり》や桑名藩主松平定敬《さだあき》もしきりに再挙を主張した。

それらの頂点に立って牽引したのが、勘定奉行および陸軍奉行並の小栗上野介忠順である。

「上様、ご心配めされますな。この戦かならずや幕府が勝ちまする」

「必勝の手立てがあるとでも申すか」

慶喜は追討の勅旨が下って以来、負けたという実感を身震いするほどに感じ始めており、藁《わら》にも縋《すが》る様子が周囲からも見て取れる。小栗はきっぱりと答えた。

「ござります」

「申せ」

小栗はかねて温めていた敵軍粉砕策を披露した。

「幕府海軍の戦力は敵軍を圧倒しております。ことに開陽丸はオランダにて建造された最新鋭の設備を誇っており、砲門二十六を擁しております。敵は東海道、中山道などに分かれてやってくるにしても、主力は東海道を辿るに相違ござりませぬ。東海道は御承知のように、由比から奥津にかけての海岸線が薩埵《さつたやま》山の山裾になっており、いやがうえにも細い道を海岸伝いに歩かざるを得なくなります。敵がそこを通りかかったところを、開陽丸から砲撃いたしまする。敵は逃げ場がなく狼狽《うろた》えまする。面白いように狙い撃ちできますゆえ、東西に潰走したところを討ち取ればよろしゅうございます」

小栗は山塊が駿河湾にせり出している薩埵山の風景を思い浮かべながら続けた。

「さらに海軍の一部を摂津の海に送り、砲撃を加えて兵庫・神戸を奪還し、薩長と西国諸藩との連携を断ちまする。敵方が退路を絶たれて右往左往する間に京と大坂を押えます。

さすれば、日和見《ひよりみ》を決め込んでいる諸侯を当方に靡《なび》かせることが出来まする」

緊張の糸が僅かに解けた。

小栗は慶喜から目を離し、座敷内に目を投げた。

「おのおの方、如何にござりましょうや。某《それがし》はこれが最上策と愚考仕るが…」

「異論ござら〜ぬ！」

末席あたりから大声をあげたのは榎本武揚である。榎本は大坂にて慶喜一行に開陽丸を奪われ、別船で江戸に戻っていた。

方々から賛同の声が上がり、老中の水野や小笠原も同意の目配りをした。慶喜も同様の意見をロッシュを訪ねた際に海軍将校シャノアールから聞いていたので、ふんふんと頷いた。小栗は慶喜が納得したものだと思い念押しした。

「上様、如何に…」

慶喜は決めきれない。

「いったん休憩を挟《はさ》む」

そう言い残して慶喜は奥に下がった。

慶喜は一方では「戦は時の運」であるとの故事が脳裏を掠《かす》める。

（朝敵として四条河原でさらし首に…）

静寛院宮から面会の許しが出ていないことが不安を増幅させる。

冬の空が暗い。流雲《ながれぐも》の合間を縫って粉雪が舞い始めた。

「皆が待っておりまする」

小姓に促されて慶喜は御前会議の場に戻った。

（二）

「勝安房守、そこもとの考えを聞きたい」

慶喜は考えが纏まらないまま、小栗とは対極にある勝の意見を求めた。勝はひと膝進み出た。一座の視線が勝に注《そそ》がれた。

「彼我《ひが》の軍事力を比べた場合、先ほどの小栗殿の見解とさほど相違はございませぬ。確かに東海道を進む薩長軍を打ち破れば、中山道、北陸道を進む諸藩の軍勢も総崩れになるやもしれませぬ」

勝は己の持論に徐々に駒を動かし始めた。

「仮にそうなれば薩長はエゲレスに応援を乞い、泥沼の長期戦になることは必定にて天下は争乱状態に陥りましょう。一方、戦うことなく恭順しようとすれば、敵軍より様々な難題を持ち掛けられ、身を砕かれる思いをすることになりましょう。

　主戦論者は一見武士《もののふ》らしく潔《いさぎよ》く見えますが、勝算があるわけではございませぬ。事実、鳥羽・伏見の戦いでは幕府軍は敵方の五倍の兵力を擁するも敗れました。戦略を立てうる指揮官がいなかったためにございます。敵軍は天子様を頂点に押し立てて勢いに乗るばかりにて、尋常の策では敵軍を撃破することは困難にございます。事ここに至れば上様は名を捨てて実を取ることこそ肝要かと思われます」

　勝は慶喜を上目使いに見た。慶喜は余裕を演じるための薄笑いを忘れ、勝の次の言葉を待っている。

「江戸城を明け渡し、領地を天子様に奉還すべしと愚考仕ります」

　一座が驚愕した。

「そうして徳川の興廃《こうはい》を天に任せ、情理を尽くして恭順の意を表明すれば、敵軍はわれわれを攻撃できませぬ。これも言うは易いが行なうは至難の業にございます」

　故に、小栗殿と某のいずれの意見を採用なさるか、ひとえに上様のご決断次第にござります。上様が確固不抜《ふばつ》の決意を示されれば、われらはご方針に従うのみにござります」

勝は結論に駒を進めた。

「われらのご方針をお採りあそばされれば、民は心服し、天下は饗に応じ、徳川家の政《まつりごと》は大業をなしうるのでござります」

恭順派の会計総裁大久保一扇らも勝の意見に歩調を合わせるが如く頷いた。

(勝殿とはいったい何者じゃ。徳川家臣団の殆どが儂《わし》の見解に同意していることはこの場の雰囲気で分かろうものを…)

主戦論に傾く会議の雰囲気の中で、堂々と降伏論を説く勝の芯の太さに、小栗は幾ばくかの不思議を感じた。

(朝敵にだけはなりとうない…)

浮かんでは消える迷路のなかで、慶喜のこの信念だけは消えない。

慶喜が結論に至る前に小栗が言上した。

「長州藩は禁門の変において禁裏《きんり》に銃口を向けて以降、朝敵として扱われました。

それでも彼らは自らを信じて戦い続けました。今では、朝廷軍と呼ばれていま
す。
上様はかねてより朝廷に充分に意を尽くされています。薩長による朝廷誑《たぶら》か
しが長く続くはずはござりませぬ。毅然として敵軍を打破すれば立場が逆転する
のは目に見えておりまする」
「毛利は毛利、余は余じゃ」
「上様、わが国の行く末を思召《おぼしめ》してくださりませ。乱暴狼藉《ろうぜき》の限りを尽くす奴《やつ》ら
にこの国を委ねたならば、多くの武士や民が不幸になりまする。上様が吉宗公に
引き続いて幕府中興の大業を成し遂げられ、天子様を奉じられ、天下を治められ
ることこそ、天下万民の仕合せに通じるのです……」
「もう一晩考えさせてくれ……」
慶喜はそう言い残しつつ奥へ引き下がろうとした。
(時間《とき》がない)
思い余って小栗は上段の間に足をかけ、慶喜の袴の裾を両手で強く掴んだ。

「上様、これ以上は待てませぬ。待てば作戦が手遅れになってしまいまする」

目が血走っている。

「何卒…ご決断を！」

「無礼者！　放さぬか、ええい放せ…！　手打ちに致すぞ！」

「放しませぬ。上様を信じてきた家臣どもの赤心を…徳川一筋の忠勤者どものことをお考え遊ばされたく…！」

慶喜の顔は負い目を交えた怒りで真っ赤になった。つかつかと小姓に近づき刀を抜き取ると小栗の首にあてた。

「御手打ち本望にござります」

「申したな…」

慶喜が首筋にあてていた刀を振り上げた時である。榎本と大鳥が擦り寄り小栗の両肩に手を重ねた。

「小栗様、有難うござりまする。もはや…もはや十分にござります」

大鳥が涙声で呟《つぶや》いた。

榎本が天上を見上げて続けた。

「上様はわれわれ家臣団をお見捨てになられました。この後は某どもがそれぞれに己の信ずるところを進むのみにて…」

「それぞれの道とな…」

小栗の手が慶喜の袴の裾から畳に落ちた。

（三）

小栗や榎本らが主張した主戦論はついに採用されず、幕府は慶喜の意向に沿い朝廷への恭順を決定した。その瞬間、小栗は幕府にとって厄介な存在となった。「第二次長州征討」「長州藩を壊滅した後は薩摩藩も潰す」などと小栗が主張していたことは、薩長側に知れている。とても幕閣に置いてはおけない。

御前会議の翌日の正月十五日、小栗は江戸城芙蓉の間に呼び出され、老中酒井雅楽頭《うたのかみ》より罷免《ひめん》を申し渡された。板倉伊賀守、小笠原壱岐守らの老中も官位を召上げられた。ここに徳川幕府は完全に崩壊したのである。

幕臣の殆どは時局の急変に狼狽《うろた》えて取り乱すこと甚《はなは》だしかった。

（徳川幕府に大恩ある御三家や御三卿、井伊や榊原等の譜代大名、旗本・御家人さえも危機に際し主家に忠誠を尽くさず、おのれの保身のみを考えている。どこで幕府は間違ったのであろうか…？）

小栗は大きく息を吐いた。

西の地平に太陽が沈み、東の空に月が昇った。

後事《こうじ》を託されたのは勝である。

島津斉彬との面談以来西郷と信頼関係が生じており、また朝廷への恭順を説いた勝の噂は討幕軍にも届いていた。もはや薩長を中心とする討幕軍との交渉を行なえるのは勝のみであった。

幕府は明治元年（一八六八）正月十七日、勝に海軍奉行を任じ、一月二十三日には陸軍総裁兼若年寄に昇格させ、二月に入ると軍事取扱すなわち旧幕府の政務一切を取り仕切る職に就かせた。

第一章　夜明け

【小栗、世に出る】

（一）

神田川は、江戸開闢《かいびゃく》時、徳川家康が神田山を掘り割りし造成した人工の河川である。江戸幕府二百三十年余を通して磨き上げた賜物であろうか、今では均整の取れた木々が立ち並び春には草花が彩る自然の川に見紛《まが》う。

「エイヤー！」

少年の甲高い声が神田駿河台の小栗邸から旗本屋敷街に響き渡った。

「小手ー！」

剛太郎は父忠高の「面返しの小手」に手が痺《しび》れて竹刀《しない》を放した。竹刀が砂利に擦れて乾いた音がした。

「馬鹿者…。あれ如きの小手で竹刀を放すとは何事ぞ。肉を切らせて骨を断つ覚悟を持たねば強くはなれぬぞ」

「うーむ。もう一丁……！」

元服ののち忠順《ただまさ》と名乗る少年も、まだ七歳になったばかりである。負けん気が強く、近所の子らを従えての「関ヶ原ごっこ」が楽しみの一つである。剛太郎は家康を演じるが、この家康は常に先陣働きの剣客である。その役回りの少年とて忠高には敵《かな》わない。中段の構えで両手を内に締め両肘《ひじ》を伸ばして突きに出たが、「萎入突《なやしいれつき》」を返された。「応じ小手」で切り抜け「退き胴」から上段の構えに移るやいなや、捨て身の「飛び込み面」を放ったが、体を返され「面抜き面」で一本取られた。

縁側では、朝餉《あさげ》の支度を終えた母の國子が、わが子の成長を目を細めて見守っている。

「剛太郎、父上に『参りました』と申し上げて、許していただいたらどうですか。さっ、朝餉にしましょう」

「胴ー！」

忠高が國子の方へ振り向いた隙《すき》をついた「飛び込み胴」も簡単に抜かれ、「返し突き」を喉元に軽く宛《あて》がわれた。

「剛太郎、今日はここまでじゃ。朝餉をいただくとしよう」

「ゴホッゴホッ。父上、ありがとうございました」

國子がみそ汁を運んできた。

「あなた、剛太郎の剣術の腕の上達ぶりはいかがでございますか」

忠高は粛々と応じようとしたが、心の内が顔に出た。口調も弾んだ。

「流石《さすが》はわしの子じゃ。そなたの手柄でもあるがの…。七歳にて力が伴わないゆえ勝負にはならぬが筋目はよい。そろそろ浅草新堀の島田道場に通わせてもよいかと思うておる。今だ幼きゆえ勝ちたいだけの剣であるが、いずれ剣はただの刀術の技にとどまらず、その深奥《しんおう》に至れば身を修め、国を治める玄理《げんり》に通じることをわかる時が来るであろう」

小栗家は神田川の川岸から駿河台下へと向かい、甲賀坂を左へ折れたところに屋敷門がある。二百二十年近くそうして家禄をつないできた。

神田川を吹き抜ける風の香りが甘酸っぱく感じられるようになった小春日和の

ある日、剛太郎は初めて馬に乗った。手綱《たづな》を引くのは忠高である。

三十尺（約十メートル）はありそうな断崖の下、川は澄み、木々は紅葉を誇っている。

「父上、馬の背中からですとお城の石垣がよく見えまする。その右側、遠くの富士のお山がいつもより近くに見えるる気がします」

「そうか。剛太郎は木登りが得意なゆえ、高いところからの景色は見慣れておろうに…。やはり馬上だと気持ちが昂《たかぶ》るのかのう」

「…父上、お伺いしたき儀がございます」

「……」

「かように眺めのよい駿河台に、ご先祖様はいつごろから住まわれたのですか」

「そなたも左様なことに興味を持つようになったのじゃな。そろそろそなたに小栗家の歴史を教えておかねばと思うておったのでちょうど良い機会じゃ」

忠高は、三河時代から徳川幕府成立までの小栗家の変遷を説明した後、駿河台について語り始めた。

「大権現家康公は、関ヶ原の戦いに勝利し、江戸に幕府を開かれたあとも、西国大名のことが気が気でならなんだ。

そこで家督を秀忠様に譲られ、自らは駿府に移られ、幕藩体制を盤石にしようとなされた。まず、江戸から京に至る東海道には徳川家の家臣である譜代大名を配置なされた」

忠高は、手に持った小枝で、こちらの桜の木から傍らの柳の木までを東海道に見立てて空中に線を引いた。

「大権現家康公は、本当は薩摩や長州などの豊臣方についた大名を攻め滅ぼされたかったのじゃが、幕府を開いた早々であり、不測の事態が生じないとも限らないことより、薩摩には肥後の加藤清正公、長州に対しては福山や姫路に譜代大名を布陣させて監視する形を取られた」

西の空では夕焼けが勢いを増し、北風は次第に冷気を増してきた。

「家康公は、西国の押えに一応の目途《めど》を立てられるとこの世を旅立たれた。江戸より付き従い駿府に移り住んでいた家臣団は、家康公が久能山の墓所に葬られるのを見届けられると、第二代将軍秀忠様に仕えるべく江戸に戻られた。秀忠様は駿府より戻りし家臣団を手厚く迎え入れられ、住まい用としてこの地を授けられた。家臣団の面々は、富士山の袂の駿府で暮らした家康公との思い出忘れがたく、この地を駿河台と名付けられたのじゃ」

忠高は、新雪を冠した富士山が赤く染まりながら群雲《むらくも》の上に顔を覗かせている姿にしばし見惚《みと》れた。

「剛太郎、今から申すことは肝に銘じておくのだぞ。小栗家が旗本であることはそなたも知っておろう。さらに旗本の中でも徳川家とは入魂《じっこん》の『安祥《あんじょう》譜代』であり、後に家康公に取り立てられた『三河譜代』よりも深い間柄にあるのじゃ」

「父上、わかりました。いざという時はわたくしが徳川家を守り抜いて見せます」

「そうかそうか、よう言うたぞ剛太郎…。冷えてきたの。國子に黙って出てきたゆえ探しておるやもしれぬ。徳川家一筋のわが家に帰るとするか」

「はい父上、わたくしが一番槍をつとめまする」

武術が勇気の源泉であることを実感していた忠高は、剛太郎を島田道場に入門させるべく手筈をとった。大石進や男谷精一郎とともに「幕末の三剣豪」と呼ばれた島田寅之助は面白き人物である。こと剣術については一本取った上に組打ちして首を絞めて気絶させなければ勝ちを認めないという実践的で激しい稽古を門人に課す一方、「これからは海のかなたに目を向けねばならぬ。ゆえに外国について学ぶように」としきりに説いた。

剛太郎はさらに直心影流《じきしんかげりゅう》の藤川整斎《せいさい》道場に学び免許皆伝を授けられ、柔術は窪田助太郎に、砲術は田附主計《たつけかずえ》に教えを受け、武芸百般に通じていった。

昼餉のあと歯間に残った米粒を駿府から取り寄せた緑茶で漱《すす》ぎ飲みながら、忠高は國子に問うた。

「艮斎《ごんさい》先生は離れにおられるのか」

「先ほど、昼餉をお持ちしました折には、机に向かって書物をご覧になられておりました。なんでも、朱子学のご本とのことにござりました」

「艮斎先生は、昌平黌《しょうへいこう》の儒官（総長）を務められた佐藤一斎先生に学ばれた朱子学に造詣が深いお方じゃそうな。まことに立派な御仁に住んでいただいたものよ。もし先生さえお差支えなくば、近所の子らに儒学のご指導をお願いできないものかの。離れを学び舎のひとつにしても構わぬゆえにな。御膳を下げる際に、そなたから聞いてはくれぬか」

國子が笑みを浮かべながら離れから軽やかな足取りで戻ってきた。

「あなた、艮斎先生もたいそう喜んでおられました。『子供の教育がこの国の将来に何よりも大事であり、自分もそのお役に立てたら有難い』と仰せにござりました」

「そう仰せであったか。有難い限りじゃ。早々に離れの改修をせねばならぬの。もちろん剛太郎も先生に鍛えていただく。小栗家の家訓は、文武両道じゃてにな。もっとも儂は落第生じゃったがの、アッハッハ…」

その年の五月から、少年らの声が小栗邸を覆《おお》った。

「子曰く、過《あやま》ちて改めざるを、これ過ちという」

「子曰く、先ずその言を行ない、しかる後にこれに従う」

艮斎の有名に引き寄せられた塾生は二千人以上にのぼった。

剛太郎は腕白ではあったが、人の話は全身を耳にするような態度で聞くところがあり、めきめきと頭角を現しはじめた。俊才はほかにも多くいた。秋月悌次郎・岩崎弥太郎・川路聖謨《としあきら》・清川八郎・栗本瀬兵衛（鋤雲）・高杉晋作・谷干城《たてき》・福地源一郎・吉田松陰などである。先輩後輩の別なくそれぞれが『論語』『大学』等の『四書五経』を次々に読破し、互いに切磋琢磨していった。

（二）

天保十四年（一八四三）三月、十七歳で元服し〝忠順《ただまさ》〟と命名した小栗は、第十三代将軍徳川家定に御目見えした。小栗家は旗本であり、御家人とは異なり将軍に挨拶ができるのである。高禄旗本一族である小栗に対して、幕府は弘化四年（一八四七）四月には将軍を警護する両御番を用意した。御小姓組御番と御書院御番を両御番といい、両御番に番入りするのが旗本の出世の登竜門となっていた。小栗が番入りしたのは本丸の御書院御番である。

駿河台の屋敷から坂を下りて昌平橋を渡り、さらに歩を進めると明神下に至り、そこに建部家の上屋敷がある。建部家は播州林田藩一万石の大名であり、家格が二千五百石取りの旗本である小栗家と同じこともあって両家は非常に親しい関係を続けてきた。小栗も幼少の頃から母親に連れられてよく屋敷に出入りした。建部家の当主は文武両道に秀でた才人との評判をとる内匠頭政醇《たくみのかみまさあつ》である。政醇はすでに隠居の身であり、聖岡《きよおか》と号していた。

小栗は学ぶべきところがある人物に対しては誰彼となく師と仰ぐ。お城勤めで疑問が生じた時は、馬駆けして建部家を訪れて政醇に教えを乞うことしばしばであった。

政醇は酒を好む。小栗は政醇から注がれたお猪口《ちょこ》の酒を一気に飲み干し、煙草に火をつけて一服すると、座を正して背筋を伸ばした。

「お城の中はオランダを通して長崎から齎《もたら》される不穏な噂《うわさ》でもちきりにございます。エゲレスがアヘンという体を蝕《むしば》む薬を売り込むために清国との間に起こした戦争（アヘン戦争）に勝利し、南京条約を結んで香港島はじめ領土の一部を奪い取ったとの報が七年前に齎されました。このたびエゲレスは第二次アヘン戦争（アロー号事件）なるものを仕掛けて再度清国を叩いておるとの由。戦いに勝利した後には勢い余ってわが国に攻め込んでくる、というのです」

小栗は煙管《きせる》の先で煙草盆の灰吹き（竹筒）を強く叩いた。

政醇は小栗からの返杯のお猪口の酒を飲み干そうとしたが、唇にあてたところでふと思いつきお猪口を膳に戻した。政醇は「貿易筋の取調べ」の任務に就いていた岩瀬忠震《ただなり》にも慕われており海外情勢にも明るかった。

「ことはエゲレスばかりではござらぬ。フランスもエゲレスと行動をともにして南方より我が国を狙っておるし、北からはシベリアを経て南下するロシアが牙を剥《む》きはじめ、また東からはメリケンの影がちらついておりまする」

政醇は特にアメリカの動きが気掛かりな様子である。

「昨年、メリケン東インド艦隊司令長官ビッドル提督が艦船コロムバスで三浦半島の一角に現れたのは、そなたもご存じであろう。幕府が開国の意志はないので必要の儀は長崎にて申し出るよう言い渡すと一旦マカオに引き揚げた由《よし》。どうもメリケンは、エゲレスやフランスが清国に釘付にされている間にわが国を奪い取る気でいるように思えてならぬ。忠順殿は将来を嘱望されている御身であり、じきに海防掛（後の外国奉行）にもつかれよう。これらの夷狄《いてき》と戦わないようにせねばわが国は持ちますまいて…、ようようお考え下されよ」

小栗家は二千五百石取りの旗本である。家格としては小さな大名と釣り合う。自然な成り行きで小栗と政醇の次女綾《あや》との婚儀の話が持ち上がった。

「綾殿のお相手に相応《ふさわ》しいお方だ…」

政醇に対して微塵も気後れせずに論戦を挑む小栗に、建部家の者たちの期待は膨らんだ。こうして二十三歳の小栗は、七つ年下の道子（幼名綾）を娶《めと》った。

(三)

嘉永六年（一八五三）六月にペリー率いるアメリカ艦隊が浦賀沖に現れた。幕末の動乱はこの時から始まる。

浦賀奉行から齎《もたら》される報告に江戸城内は揺れ動いた。

翌七月に御進物番出役を命じられた小栗は、猿楽町から鎌倉河岸へ抜けて、江戸城北の砦である常盤橋《ときわばし》の桝形《ますがた》城門へ向けて馬駆けしながら考えた。

（鎌倉幕府の御世《みよ》に起きた元寇、すなわち蒙古軍の襲来は帆船《はんせん》によってであった。時の執権北条時宗公は、『神風』によってフビライ率いる元への従属を阻止なされた。太閤殿下秀吉公は、サン・フェリペ号の乗組員が『宣教師はスペインによる他国侵略の尖兵《せんぺい》である』と白状したことやキリシタン大名の支配地で神社仏閣が襲われたことなどを契機にバテレン追放令を出された。殿下は外国から侵略されるどころか、逆に明征伐を目論んで朝鮮出兵という暴挙に出られた）

小栗はまだ見ぬ玄界灘の荒波を思い浮かべた。

（わが徳川幕府三代将軍家光公はキリシタン浪人が主導した島原の乱を鎮圧されると、禁教令を出されて諸外国との窓口を長崎のみに限定された。それらは、船舶そのものが帆船であり、連続攻撃・波状攻撃が出来ないという軍事的要因があったればこそともいえる。時代は変わってしもうたのだ。あの『眠れる龍』と恐れられたお隣の清国でさえ、エゲレスの武力の前に完全に屈服し、数々の屈辱を味わわされているという）

脳裏に大柄のエゲレス人に平伏する小柄な漢人の姿が過《よ》ぎった。

（何かが起こる…）

大手門まで来ると門番に馬をあずけた。

（浦賀へのメリケン軍艦来航による騒ぎを巷では『泰平のねむりをさます上喜《じょうき》

撰《せん》たった四はいで夜もねられず』と詠っているという。日本人の感じる恐怖が質的に変わってしもうた。我慢しても、『神風』が吹いても、敵はそこを離れない。しかも大砲という大量破壊兵器を積み込んで虎視眈々《こしたんたん》と睨《にら》みつけている。何かが起きる…）

小栗は再度呟《つぶや》いた。

御進物番は大名・旗本からの進物などを取り扱う役目であり、小栗は第十三代将軍家定の側近くに仕えた。暗愚な将軍との噂が絶えない家定に対しても小栗は誠心誠意仕えた。様々な情報が自然と齎らされ、多くの来客と会う機会にも恵まれた。海防掛川路聖謨《としあきら》とは艮斎《ごんさい》塾以来の久々の再会であった。

「斯様な時期の海防掛とは大変でござりますな」

川路も通り一片の挨拶を交わすうちに、眼差しが厳しくなった。

「旗艦サスクエハナで浦賀に乗り込んできたメリケン東インド艦隊司令長官ペルリは、フィルモア大統領より将軍にあてた国書を携えておった。

浦賀奉行所の与力中島三郎助なる者が、サスクエハナ艦内で副艦長のコンティ大尉と面談したとのことだが、七年前のビッドル提督のときと異なり、ひどく強硬であり、もし国書を受け取らねば合衆国大統領の恥を雪《そそ》がぬ訳にはまいらぬと威嚇しておる由。旗艦だけでも大砲五十門余りを積み込んでおり、無視するわけにもまいらぬ難儀な事態になっておる」

川路は冷めかけた番茶を啜《すす》りながら徐《おもむろ》に立ち上がり、飲み干した茶碗を膳に戻すと縁側から庭に下りた。小栗も続いた。

「浦賀奉行戸田氏栄《うじひで》殿からの報告を漏らさず老中筆頭阿部正弘様にお伝えした。阿部様とて幕府にメリケン艦隊を退去させるだけの軍備がない以上はどうしようもないわ。国書の受取りを六月九日と定められ、戸田殿に命じて久里浜《くりはま》海岸に応接所を急拵《きゅうごしら》えなさり、水兵・海兵隊・軍楽隊ら約三百人を従えて上陸したペルリから国書を受け取られた次第である」

無念さが川路の顔に皺《しわ》をつくった。

「早馬で国書は江戸表に届けられた。フィルモア大統領から将軍にあてた長文の手紙には、『ペルリ提督を派遣した唯一の目的は友好・通商・石炭と食糧の供給および難破民の保護である』旨認《したた》められていたそうじゃ。幕府の即答は困難であろうと見たペルリは、その三日後には翌年の再訪を告げて香港に引き揚げたそうじゃ」

（黒船来航に幕府が呑み込まれねばよいが…）

小栗は、降り始めた雨に顔を打たせた。

ペリーがイギリス領香港に到着すると、本国アメリカでは大統領選で自分を東インド艦隊司令長官に推したホイッグ党（のちの共和党）のフィルモアが敗れ、民主党のピアスが大統領に就任していた。海軍長官も更迭されるなどアメリカ世論にペリーの強硬姿勢を厭《いと》う動きが漂ってきたことを知らされた。ペリーは民主党のピアス政権がこれまでの苦労を水泡に帰すような政策を取らないとも限らないので、予定を早めて嘉永七年（一八五四）一月十二日に再び江戸湾に入った。

浦賀奉行の通告を振り切り、最新鋭のポーハタン号を旗艦とする七隻の軍艦を率いて江戸湾奥の羽田沖まで進航し、江戸市街を砲撃範囲に入れ、威嚇のため十七発の空砲を放った。驚いた幕府は、神奈川宿のはずれの横浜で交渉を行なうことにした。

安政二年（一八五五）二月の第一回交渉において、幕府は再びぶらかし策を取りぬらりくらりと躱《かわ》そうとしたが、日本人の性格を調べ尽くしていたペリーには容易に通用しなかった。数回の交渉ののち日米和親条約（十二箇条）が調印された。下田・箱館（函館）の二港を開港し薪水《しんすい》・食糧などの供給、両港における遊歩区域の設定、アメリカ船の必要品の購入許可、外交官の下田駐在許可、最恵国約款の承認などが主な内容である。

ペリーは通商条約締結を急がなかった。急げば抵抗が激しくなり、元も子もなくなることを恐れたのである。

ペリーは、後日『日本遠征記』で自画自賛した。

「われわれは、当時の事情のもとにおいて、合理的に期待し得たすべてのものを達成した。日本は西洋諸国のために開国された。…（中略）…わが国自身の利益のためのみならず、ヨーロッパの海国すべての利益のため、日本の進歩のため、人類共通の人道の向上発展のために更なる自由な通商条約への伸展を期待してもよいと思う」

こうして第三代将軍家光により発せられ、第十一代将軍家斉《いえなり》時代の老中首座松平定信により幕府の祖法とされた鎖国政策は破棄された。アメリカと和親条約を締結した結果、他国との条約締結を拒絶するわけにもいかず、幕府はイギリス、フランス、ロシア、オランダと次々に和親条約を締結していった。

この年、生まれてずっと一緒に暮らしてきた父の忠高が新潟奉行に任ぜられた。御小姓組、御使番、西丸御目付、御留守居番、御持筒番と順調に出世の階段を上ってきての誉れであった。新潟は幕府の天領であり日本海を隔てて大陸と対峙する枢要の地である。

「忠順、神田川沿いを馬駆けしようぞ」

忠高は順調に昇進する小栗が頼もしく、後顧に何の憂いも感じることはなかった。

「合点承知！」

小栗はわざと町人言葉で燥《はしゃ》いだ。

「父上とこうして馬駆けするのは久しぶりにござりますね。江戸城も富士のお山も二十年の年月を感じさせぬ眺めにござります」

　忠高は夕焼けで赤く染まる霊峰を仰ぎ見つつ言った。

「じゃが御事《おこと》の言う二十年で世の中は随分と変わってしもうた。儂《わし》は幕府の行く末が不安でならぬ。黒船来航以来、わが国が真っ二つに割れたかのようじゃ。現実を踏まえて対処していこうという勢力と、天子様を担いで夷狄を排除しようという勢力との確執じゃ。この感じ方の相違が思わぬ方向に至らねばよいが…。儂は江戸を離れるが、よいか忠順、わが小栗家は『安祥譜代』としてどこまでも徳川家をお守りせねばならぬ。この一点だけは忘れてくれるなよ…」

「ご心配召さるな父上、この先世の中がどう動くか皆目《かいもく》見当つきませぬが、『忠義』の一点だけは父上の形見と思うて終生離しませぬ」

「父はもはや何も思い残すことはない…」

　忠高が新潟奉行として政務を執ったのはわずか一年余りであった。そのまま江戸表に戻ることもなく病のため永眠した。小栗は〝又一〟の称号とともに家督を継承した。

　翌安政三年（一八五六）、小栗は御使番を任じられた。

御使番というのは、若年寄配下で才智に優れた幹部候補の旗本の中から選抜された役職であり、火事の時は現場の様子を老中に知らせるため馬で火事場と城中を往復し、その報告次第では火消したちの進退を左右するほどの力を持っていた。その陣笠の裏に金が塗ってあったことから江戸っ子は「裏金が来たぞ！」と道を開けたという。御使番は馬術の妙技が要求され、そこで鍛えたゆえか、多くの武芸に秀でる小栗の最も得意は馬術であった。

この年、通商条約締結の使命を帯びたタウンゼント・ハリスが、軍艦サン・ジャシント号で下田にやってきた。幕府はハリスに江戸在住および将軍への謁見を許可した。江戸に入ったハリスは、麻布山善福寺《ぜんぷくじ》をアメリカ公使館とし、数日後には江戸城を訪れて将軍家定に謁見し、続いて老中堀田正睦《まさよし》との会談に臨んだ。小栗も末座に座った。

ハリスが口火を切った。

「ホッタサン、挨拶抜きで本題に入りましょう。本年十月八日（太陽暦）に隣国の清国でイギリス船アロー号が海賊行為の嫌疑で清国官憲の臨検を受けたことに因縁をつけてイギリス・フランスが仕掛けた戦争、すなわち『アロー号事件』で清国は酷《ひど》い目に遭っています。アメリカは他国を侵略するような国ではありませんので、貴国はただちにアヘンの輸入禁止条項を含む友好的な通商条約をアメリカと締結しておくことをお奨めします」

ハリスの目の青さに幾分かの不思議を感じつつ、堀田が応じた。

「ペルリ殿ご来航以来、幕府内では事を決するに際し衆議に基づくことが常道となり、諸大名や陪臣たちの意見も聞くことにしておりまする。当時は夷狄打払い論が多数でしたが、わずか五年ばかりの間に幕府内の意見は貿易開始を認める方向に変わりました。故に幕府内の意見集約は容易《たやす》いことですが、問題はもう一点にござる」

堀田はハリスの顔を見つめた。どうやら顎鬚《あごひげ》にも興味があるらしい。

「諸藩の中には攘夷を叫ぶ者も多数おりまする。ゆえに条約締結に先立ち朝廷に奏上して勅許を得たいと考えておりまする。形式的だとお笑い召さるな。攘夷論者を黙らせるには一番の特効薬にござります。朝廷を説得することなど幕府の権威でいかようにもなりまするが、暫くの猶予が必要にござります。そこで、条約調印日を二ヵ月後の三月五日とさせていただきとうござりますが如何…？」

ハリスも堀田の顔を見ていた。

（端正な顔立ちだが鼻が低い…）

「ホッタサン、事情は分かりました。調印日は三月五日でオーケーです。自由貿易か会所貿易か、開市・開港場の場所や実施時期をどうするかなどの細目も同時に決めましょう。

ホッタサンに神の御加護あらんことを…」

末座の小栗は亡き忠高の言葉が脳裏に浮かんだ。

「国論がここまで二分した状況下で、そう容易《たやす》く事が運ぶものか…。ましてや天子様は頑なに夷狄を嫌われておられるというではないか」

小栗の予感は的中した。

堀田は幕府単独では処理できなくなった開国という難題を朝廷の権威を利用して解決しようとした。仮に難航した場合も貧乏公卿を金の力で手懐《てなず》けられると踏んでいた。幕府による猛烈な朝廷・公卿工作が展開された。

しかし朝廷の中心たる孝明天皇は、「この神の国日本《ひのもと》に卑しい夷《えびす》が近づくこと」を毛嫌いしていた。多くの公卿も同じである。神国思想を強く持ち、伝統的・精神的・宗教的権威の中に生き、外国人を対等な存在と考えないこれらの人々は、排外思想に凝り固まっていた。「墨夷（メリケン）の要求に従うのは神州の恥」「大坂・京都を開くのは不可」などと気勢を上げて条約締結に徹底して反対した。

堀田の朝廷工作は難航した。目論見が外れた上に、安政五年（一八五八）二月には、孝明天皇より再度御三家や諸大名とも協議したうえで回答するようにとの意志が伝えられた。

条約勅許を巡《めぐ》って政局が紛糾《ふんきゅう》するさなか、新たな重大問題が持ち上がった。将軍継嗣《けいし》問題である。第十三代将軍家定には子がなく、斯かる場合に備えて家康が用意した御三家や吉宗が追加した御三卿の中から後継者を選ぶことになる。候補者は二人いる。前水戸藩主徳川斉昭の第七子にして一橋家の養子に入った一橋慶喜（十七歳）と紀州藩主徳川慶福《よしとみ》（八歳）である。血統からいけば家定の従兄弟にあたる慶福が本命である。

激動の世である。〝黒船襲来〟により幕府権力が揺らぎ始めている。名君を得て幕政を強固にせねばならぬ。「血統よりも人物を」という大義名分を掲げて一橋慶喜の将軍就任を目論む幕政改革派が旗揚げした。老中阿部正弘、田安家から越前藩主に養子入りした松平慶永《よしなが》（春嶽《しゅんがく》）、薩摩藩主島津斉彬《なりあきら》、宇和島藩主伊達宗城《むねなり》、土佐藩主山内豊信《とよしげ》（容堂《ようどう》）らが主たるメンバーであり、幕臣でも外交問題に関与している川路聖謨《としあきら》、岩瀬忠震《ただなり》、永井尚志《なおむね》、堀利熙《としひろ》らもこれに与《くみ》した。

これに対抗して〝血統〟を重んじる南紀グループが結成され、徳川慶福（のちの家茂《いえもち》）推戴に動いた。溜間詰の彦根藩主井伊直弼《なおすけ》はじめ譜代大名は幕府成立以来の伝統〝血の継承〟を重視した。第十三代将軍家定の御小姓を務めたこともある小栗にとって心の休まらぬ日々が続いていた。

美しく咲き誇った千鳥ヶ淵の桜が散り、数輪のみが緑を増した枝葉《えだは》の間から顔を覗《のぞ》かす麗《うら》らかな春景色である。

　条約勅許問題や将軍継嗣問題で朝廷懐柔工作にしくじった老中堀田正睦《まさよし》が安政五年（一八五八）四月二十日に江戸に戻った。斯かる重大局面に対処すべく幕府は、三日後の二十三日に老中会議を開いて大老職を設けることとし、彦根藩主井伊直弼《なおすけ》（四十三歳）が選出された。大老職は老中の上位職として全権を委ねられており、これより井伊は将軍の名のもとに一人で幕政を専断できることになった。

　井伊はまず調印問題の解決に動いた。

　お隣の清国ではアロー号事件がイギリス・フランスの勝利で終わり、両国の日本侵略の恐れが現実味を増していた。


（時間《とき》がない）

　ハリスからアヘン輸入禁止条項を含む日米通商条約の速やかな締結の必要性を説かれた井伊は、日米修好通商条約を六月十九日にアメリカ軍艦ポーハタン号艦上で結んだ。勅許を得ないで行なう罪は一人で背負う覚悟である。

（条約締結を決断したのはハルリスに脅されたからではなく、わが国防衛上の必要性を感じた故である。このことを内外に示さねばならぬ…）

下城の途中、桜田門を過ぎたあたりであろう。籠の中に佇《たたず》みながらふと遣米使節団派遣の構想が頭を過《よ》ぎった。井伊屋敷に続く道程で人事に思いを巡らせた。

（正使は外国奉行兼神奈川奉行の新見豊前守正興（三十七歳）、副使は外国奉行兼箱館奉行の村垣淡路守範正（四十六歳）あたりか…）

大和朝廷時代に推古天皇が遣隋使に選んだ小野妹子のごとく、古より使節には風采が重視された。新見正興は御小姓勤めの頃に大奥の女性が噂し合うほどの男前であり、立ち居振る舞いにも品がある。村垣範正は文才がある一方、固陋《ころう》な性格でありアメリカ人に言い包《くる》められる心配もない。

（修好通商条約締結交渉は粗方《あらかた》済んでおり外交使節に全権を与える必要もない。調印の儀式のみならば見映えが重要じゃ。新見と村垣は決まった。あとは目付…。事の成否は条約批准交渉時の目付の腕次第であり、儂の懐刀を探さねば…）

井伊は溜間詰の大名に〝人物〟の存在を問うた。

下座の播磨姫路藩主酒井忠顕《ただてる》が応じた。

「浜御殿にて御使番を務める小栗又一という男がなかなかに面白き人物との評判を聞き及びまする」

「小栗又一とな？　又一というのは、小栗家に伝わるあの名のことですかな」

「いかにも」

掘り出し物を見つけたかのように忠顕は声を太めた。

（徳川家では勇猛果敢の象徴でもある『又一』、今を生きる又一はいかなる人物なのか…）

井伊は興味で胸が高鳴った。

浅井・朝倉連合軍との「姉川の戦い」で、織田同盟軍として臨んだ徳川家康が浅井軍の猛攻に遭い、敵に刃を向けられ絶体絶命の危機に陥った時、傍らに控えていた小栗忠政《ただまさ》は家康の槍を掴み取り敵を一網打尽にした。

武田信玄との「三方ケ原の戦い」、武田勝頼との「長篠の戦い」でも一番槍は常に忠政の手にあった。戦功を褒《ほ》め称《たた》えた家康は、

「これよりは、又も一番…『又一』と名乗るがよい」

と高笑いした。

以来、又一の名は小栗家の誉れとなり代々の嫡男は又一を襲名した。

（しかも、亡き忠政殿と読みが同じ忠順というのか…）

井伊の期待が膨らんだ。

(四)

梅雨の湿《しめ》りが鬱陶《うっとう》しい。

小栗は、柳の枝を滴《したた》り落ちる水滴を眺めながら頭の中を整理しようとしたが、肝心なところで零《こぼ》れ落ちてしまい纏《まと》まらない。

(やはりお目にかからねば…)

小栗は意を決して溜間《たまりのま》の襖《ふすま》を開けた。井伊が書類に目を通していた。

「おいおい、まだ書類があるのか…。ちょっと考えごとがある。明日にしてはくれぬか。

ん…、見慣れぬ顔じゃが勘定方の者か?」

「御使い番の小栗忠順と申しまする」

「ゴホゴホ…!」

井伊は咳《しわぶ》いた。

(偶然にしても悪戯《いたずら》が過ぎる)

「小栗忠順とな。又一…？」

「左様にございます。ちょうど溜間横を通りがかりましたので、…ご無礼承知で御大老様にお目にかかりお伺い致したく…」

小栗の頭の中は緊張で真白である。

「まあまあ…そう急《せ》くでない。儂もちょうど書類の山から解放されたところじゃ。実はな…」

井伊は、自分も会いたかったと言おうとしてハタと右手で口を押さえた。

「ここはまことに静かにござります」

「静かだ。阿部殿の御用部屋とは随分異なるであろう。あちらはさぞかし賑《にぎ》やかだろうな」

「賑やかなれども某《それがし》はああいう品性のない騒がしさは好きではござりませぬ。自らを吹聴するのに長けた方々ばかりにて、こちらが恥ずかしゅうなりまする。真の憂国というのは、大言壮語したり酔って涙を零すことには非ずして、日々の務めの中に新しき風を吹き込むことと心得ておりまする。そもそも武士たる者は静かさを旨とすべきにござります」

「そちは頑固者か…。アッハッハ…実に愉快じゃ」

小栗は井伊が打ち解けてくれたと感じて単刀直入に問うた。

「御大老様、メリケンとの通商条約締結のこと、お世継問題のこと、様々な噂が飛び交っているこの二点について如何お考えでござりますか」

（大老に下々が斯かることを問うとは無礼千万）

通常は叱り飛ばすところであるが、井伊とて小栗が目付に相応しいか見定めるいい機会である。

「条約勅許問題に対する儂の立場は明確じゃ。幕府草創以来、『禁中並びに公家諸法度』により朝廷を統制してきたが、松平定信様の頃より幕府は外国との関わりについては朝廷に奏上されることになり、今では勅許なしの条約調印は大罪になってしもうた。じゃが時勢は大きく動いておる。清国との間の戦争に勝利したエゲレス・フランスが日本《ひのもと》侵攻を企んでおる情勢下では、わが国としてはメリケンとアヘン輸入禁止条項を含む修好通商条約を締結し、ハルリスに調停役となってもらうことが国益に適《かな》っていると思うておる。軍備不十分なまま外国と戦い国体を辱《はずかし》めるのと、勅許を待たないで国体を安んじるのといずれが大事か。権力を有するものの務めとして決断を避けてはならぬ。ことが緊急を要する場合、勅許を得る猶予がない場合もあろう。それが重罪というならばこの直弼が甘んじて受けよう。国体の無事が何より大事じゃからな」

井伊は目を外に向けた。どうやら雨が止んだようである。

「次の将軍継嗣問題については儂がそなたに問う。将軍の選び方は如何にすべきであるか」

小栗も日頃考えていることを素直に述べた。

「舌足らずな面はご容赦くださりませ。某は病弱で癇癪《かんしゃく》お強くあそばされる家定公にお仕えしましたので、その点については常々考えおりました。そしてやはり『君、君たらざると雖も　臣、臣たらざるべからず』だと思いまする。たとえ上様が多少能力をお欠きになろうとも、臣下さえしっかり役目を果たせば幕府は安泰にござります。故に血のつながりを重んじるべきと考えまする」

「左様に考えおるか」

「左様にござりまする」

井伊から笑みが零れた。

「よくぞ申した。今の城中では非常に言いにくい意見をよくぞ申した」

陽《ひ》が射してきたのであろう。場が明るくなった。

「実にわが意を得たりじゃ。もうひとつ尋ねる。機密文書を公にしたり、庶民に幕政についての意見を求めることを如何考えおる？」

「誤りだと思いまする。…というよりは、時期尚早だと思いまする。やがてはそういう局面が訪れるとは思いますが、今は庶民の方が慣れておりませぬ。平時なれば訓練になりましょうが、今は国家危機と呼べる時であり、幕府が責任をもって民に心配を与えない政《まつりごと》を行なうべきと考えまする」

「同感だ。それでなくても阿部殿の弱腰策により勢いを得た不逞《ふてい》浪士たちが攘夷論を唱えて幕府批判を繰り返しておる。そなたの言うように、幕府がひとつになり、民に心配を与えない政を行なえば斯様な事態を招くことがなかったろうに…。ところで、そなたは変わり者と言われるだろう」

「城内ではそう見られているやもしれませぬ。徳川家一筋の某から見れば、あちらの方々こそ王道を外していると思えてなりませぬ」

井伊の目が光った。幕臣の中に探している人物を見つけた鷹の目であった。

「そなたの考えはよくわかった。いずれ役に立ってもらうぞ」

小栗は遣米使節団の目付を井伊に内心命じられたことを知る由《よし》もなかった。

（五）

真夏の入道雲が空を覆い始めた。ともかく今年の夏は殊更に暑い。

溜間詰への往来自由を許されていた小栗は、井伊に申したき儀があった。

「御大老、メリケンとの条約締結は無事に済みましたが、このままではいけませぬ。来る条約調印式には当方からメリケンに赴《おもむ》くべきにござります。今般の修好通商条約はハルリスに押し切られた感は拭《ぬぐ》えませぬが、わが国の主権を明確に示すためにも使節団を派遣すべきと考えまする」

井伊自身愚かな政治家ではない。

（国家危機ゆえに儂が行っている強権政治の反動がいつ訪れるやもしれぬ。勝敗は時の運であり、負ければ処断されよう。小栗は幕政を委ねるに値する人物であり、知識・気骨とも申し分ない。儂が招くであろう混乱に小栗を巻き込んでは断じてならぬ…）

余りにタイミングよく提案してきた小栗を笑みで迎えた。

「飛んで火にいる…」とは言わない。

「それは妙案である。そなたも使節団に加われ。言いだしっぺは自分の言葉に責任を持たねばならぬでの」

井伊はすぐにハリスに連絡を取った。数日後ハリスから了解の回答が届いた。

安政六年（一八五九）九月に入り、井伊は日米修好通商条約批准書交換の使節として、正使に新見豊前守正興、副使に村垣淡路守範正、目付として小栗豊後守忠順を任命した。十一月には西の丸白書院にて第十四代将軍家茂から正式に遣米使節の辞令交付があり、支度金として大判十枚と時服《じふく》・羽織が配られた。

井伊は正使・副使をお飾りとして、小栗に全権を与える形で目付として加えたのである。これら三名は「三使」と呼ばれ、勘定組頭、勘定組頭支配普請役、医師、通詞を従え、それぞれの従者と合わせて総勢七十七名の使節団が組成された。

艦船はペリーと調印式を行ったポーハタン号に決まり、ジョサイア・タットノール大将を提督、ジョージ・ピアソン大佐を艦長として米国海軍が航海を全面的に受け持つことになった。

（話が違うではないか）

アメリカ総領事ハリスは井伊から使節団メンバーを明らかにされたとき、修好通商条約締結交渉に携《たずさ》わった岩瀬忠震や川路聖謨らの開明的な幕臣の名が見当らないことに不満を示した。

彼らは井伊により一掃されていたのである。井伊は安政五年（一八五八）六月に日米修好通商条約を締結、その後イギリス、フランス、オランダ、ロシアとも同様の条約を締結し、神奈川、長崎、箱館の三港を開港したあと、「幕府内旧阿部派の一掃」に踏み切ったのである。いわゆる〝安政の大獄〟の始まりである。

六月に京都町奉行大久保忠寛（一翁）を江戸城西の丸留守居役に左遷、七月には阿部派老中の太田資始《すけもと》を罷免、八月に入ると前水戸藩主徳川斉昭を永久蟄居《ちっきょ》、当主慶篤《よしあつ》は差控、斉昭の子一橋慶喜には隠居・謹慎を命じた。その後も凄まじい粛清の嵐が幕府内に吹き荒れた。井伊は断固としてやり抜いた。そこには幕府の権威を弱めた阿部派に対する遺恨が漲《みなぎ》っているかのようであった。そんな嵐のなかで、岩瀬忠震、川路聖謨は免職・差控を命じられていたのである。

ハリスは井伊の人選に公然と反対の意を伝えてきた。

「修好通商条約締結交渉を実際に進めてきた岩瀬殿や川路殿をメンバーから外したのは納得致しかねる。今回の人事は報復人事に見え、日米関係のために良くない」

井伊は突っぱねた。

「遣米使節団構成の権限は幕府にあり、外国総領事等からとやかく言われる筋合いに非ず」

開明派の人々は次第に追い詰められたが、流石に人物を見る目は的確であった。

「新見は温厚の長者なるも才能今一つ、村垣は俗吏にて器《うつわ》大ならず。ひとり小栗のみ才長けて任務相応の人物なり」

井伊にもこの噂は聞こえてきた。

（儂の期待に応えてくれるのは小栗のみであろう…）

【勝、世に出る】

（一）

　勝の祖先が徳川家と縁があったわけではない。曽祖父が越後の国から江戸に出てきて財を成し、御家人株を買い取って縁をつくった。故に勝の体内には反骨の精神が自然と宿った。勝はペリー来航を出世の糸口にした。

　嘉永六年（一八五三）六月のペリー浦賀来航時、幕府は開明派の老中首座阿部正弘を中心とした体制を敷いていた。世間は狂歌で阿部政権を評した。

「いにしえの　蒙古のときと　あべ（阿部）こべで　波風立てぬ　伊勢（阿部伊勢守）の神風」

　ペリー艦隊が「来年回答を貰うために再訪する」と告げて一旦香港に退いた後、阿部は持論の諮問《しもん》政策を進めた。七月一日には幕府に好意的な大名・留守居役を江戸城に集めた。

「浦賀沖にメリケンの四隻の黒船艦隊が現れたことは各々方もご存じであろう。

浦賀奉行からの報告によれば、旗艦のみで大砲五十門を擁しており破壊力は想像を絶している由。奴《かやつ》らは合衆国大統領フィルモアからの国書を携《たずさ》えておるそうな。国書を受け取れば何らかの回答を致さねばならぬことになろう」

阿部は座を見渡した。泰平の世に慣れた大名に緊張感は見られない。

「ご承知のように、朝廷や水戸藩、西国大名の一部は〝攘夷〟を声高《こわだか》に叫んでおる。斯かる情勢下、いかなる回答を致そうとも国論を二分するのは火を見るより明らかである。

そこで各々方に国書を受け取るべきや否やの意見を聞かせていただきたい。遠慮は無用であり忌憚《きたん》ない意見をご披露頂きたい。幕政の参考にさせていただく所存である」

幕府は開闢時より、官禄分離政策を採り権力と禄高（実力）を分離することで幕府転覆を防いだ。すなわち「譜代大名については『禄は低く、地位は高く』し、外様大名の場合は『地位は低く、禄は高く』すれば天下は治まる」としていた。

阿部は国家危急の折、この権限の垣根を取り払い能力本位に変更することが肝要だと感じていた。

勝はこの時期に成人した。

江戸時代を通して徳川幕府はプロテスタント国家のオランダと清国の二国に対してのみ長崎を窓口として国交を持ったが、オランダ人は居留地の出島を出ることは許されなかった。それも幕末近くになると幕府の規制も緩やかになり、オランダ人が直接市民に接する機会が増え、ヨーロッパ文明が少しずつ社会に浸透していた。

貧乏御家人に喘《あえ》いでいた勝は世に出る術《すべ》を探していた。嗅覚鋭い勝はその伝《つて》をオランダ語に求めた。

（まずは師を探さねば）

勝は赤坂田町に寝起きしており、赤坂溜池にある黒田藩の御雇《おやとい》蘭学者である永井青崖《せいがい》の噂をかねて耳にしていた。動き軽やかな勝は、蘆荻《ろてき》生い茂る溜池を見下ろす黒田藩邸の門を叩いた。貧乏御家人ではあるが幕臣たる勝に対して黒田藩は青崖との面談を許した。

勝は高名な人物の前でも動じることはない。

「某《それがし》は島田虎之助道場で剣術を学んだ折に、剣術とともに今後は海外に目を向けるようご指南され申した。我が国はオランダと清国とのみ交易していますが、その清国はエゲレスやフランスなどの強国に踏み躙《にじ》られていると聞き及びます。故に同じくヨーロッパの国であるオランダから知識を吸収しようと考えおりまする。正直、今は何の知識もござらぬが、中途で投げ出すことは断じてござらぬゆえ、何卒ご指導賜りとうござる」

（肝の太い御仁じゃ）

そう感じた青崖は手始めにオランダ語文法を教えたところ呑み込みが早い。

「勝殿の頭脳明晰さには感心しました。某がお世話頂いています黒田藩ご当主黒田長溥《ながひろ》様は薩摩藩主島津重豪《しげひで》様の九男であらせられますが、オランダ語にご熱心で蘭学者を数名抱えておいでです。高価なオランダ書も多数蔵されておられます。近いうちに長溥様にお目通りできるように取計って進ぜましょう」

長溥は一度の面談で勝の才能の深さに魅了され、育成の義務を感じた。

「幕臣に勝殿のような人物がいるとは感激致しました。いつ何時なりと当屋敷に参られよ」

屋敷から見下ろす溜池が夕日に映えて清々《すがすが》しい。

長溥がお城務めから帰ると、勝に遣いを出した。

「お呼びにございますか」

長溥は共に学問に勤《いそ》しんで以来、勝との間に身分の隔たりを取り外している。

「勝殿、本日の会議で阿部老中から『ペルリ艦隊への対処について幕臣や諸大名に広く意見を求めたい』とのお言葉がありました。身共《みども》は勝殿の見識を世に示す絶好の機会だと思うておりまする。阿部様にご意見していただけませぬか。必要な資料は身共が揃えます故に是非とも…」

勝は喜びに震えた。

(ご恩返しは立派な意見書を拵《こしら》えるにしかず)

長溥は大局を大括《おおくく》りに把握しうる勝の能力に期待した。

阿部は憂鬱《ゆううつ》であった。

幕臣や諸大名から総数七百通余の意見書が出されたが二刻《ふたとき》(約四時間)見渡す

も空しくなるばかりである。「メリケンとの交渉はとても聞き入れられぬが、さりとて武力で対抗も出来ないので、ぬらりくらりと引き延ばして相手が退去するのを待つにしかず」という意見書が大半であり、その他も姑息《こそく》な意見ばかりである。期待は外れた。

（そもそも太平の世に慣れきった面々の意見を聞くこと自体が野暮《やぼ》であったか…）

阿部は疲れた目を閉じた。瞑想《めいそう》のかなたに瀬戸内の景色が浮かんだ。

阿部は老中の要職にあるため江戸定府であり、もう何年も国許の福山に帰っていない。

鞆の浦から見渡す瀬戸内の眺望は諸藩のどこよりも絶景だと思っている。聡明天下随一と言われる阿部は、それを誰と張り合うこともない。

（次に帰藩の折には、福善寺の客殿対潮楼《たいちょうろう》から仙酔島《せんすいとう》を眺めてみよう。そして江戸へのお土産は「むろの木」とし、本郷菊坂の中屋敷に至る道の両側に植えよう）

阿部伊勢守正弘は備後福山藩十万石の大名であり、寺社奉行を経て天保十四年（一八四三）に老中に就いた。弱冠二十七歳であり、早世する安政四年（一八五七）までの十三年間困難の度を深める幕政を担った。

夢から覚めて義務感に押されて目の前の書類に再び目を通し始めた。

二十通ほど目を通したところであろうか、阿部は目を光らせ背筋を伸ばした。海軍力の増強や人材の登用などを理路整然と綴《つづ》っている。まず誰の手によるものか確認したくなり途中で文末に飛んだ。

（勝麟太郎…？　小普請組…？　確か黒田殿が推していた男か）

阿部はやっと巡り会えた感激に押されるかのように、意見書を一気に読み終えた。

（下級御家人にこれほどの現状分析と改革案を示せる者がいようとは…！）

阿部はすぐに大久保忠寛（一翁）を部屋に呼んだ。

「勝麟太郎の〝人物の量〟をそなたの目で計ってもらいたい」

「心得ました。でいつまでに？」

大久保は目を合わせずに答えた。

「何が気に食わぬのじゃ」

阿部はすでに大久保の呼吸が読める。大久保がそう仕向けているともいえる。

いわゆる阿吽《あうん》の呼吸である。

「近頃の旗本・御家人に全く覇気が感じられませぬ。確かに長州は許せませぬが、あの溢れんばかりの気概を薬にして飲ませとうござります」

「わかった。わかった」

阿部の言葉に共鳴の響きを感じ取り、大久保は話を戻した。

「勝は無役の小普請組配下でござります。書生の戯言《たわごと》でないことを願っております」

柔軟な発想が出来る大久保に対して、阿部はそれ以上何も言わなかった。


勝は赤坂でオランダ語塾を開いていた。

自宅は赤坂田町通りにある。案内された大久保は勝邸のひどさに驚いた。家族で暮らせるわずか二畳余りを除いて畳も天井も引き剥《は》がされている。

「燃やすにも材料がなかったので畳や板を使うてしまいました」

驚いて目を見張っている大久保を見て、勝は衒《てら》いもなく言った。

近所を歩き回った。自然と勝の評判が耳に入る。

オランダ語に習熟した勝のもとには諸大名から大砲の設計依頼が多く寄せられていた。勝はその鋳造を川口の鋳物師《いものし》に取り繋いでいた。当時の鋳物師は大名家からの受取り代金の幾分かを取次者に支払う慣習があった。次の仕事欲しさのバックリベートであるが、勝に渡そうとしたところ大喝されたという。

「斯様な金は受け取れん。これを元手によりよい大砲を仕上げるのが誠の職人というものじゃないかえ。顔を洗い直して出てきやがれ……！」

（こんな立派な方が本当にいるのだ……！）

鋳物師は怒鳴られたことに不思議さを感じつつ、大いに感動して勝を褒め歩いた。

大久保は特別な期待なしに勝の人物調査に来た。ところが町を歩けば歩くほど次第に勝に惹かれていく。

（幕府に必要な人物だ）

結論づけた大久保は早々に江戸城に引き揚げ、阿部に報告いや懇願した。

「勝を登用しとうござります。某は『人物の大きさは日常の些細な点に現れる』

と思うておりますが、勝は正に大人物であります。その気力・胆力は危急の際には大いに役立ってくれると断言できまする。勝と引き合わせていただいたご老中に感謝いたしまする。やっと気分が晴れ申した」

「随分な惚《ほ》れ込みようですな。身共《みども》も意見書を見て、その見識と胆力を感じた次第でござった」

安政二年（一八五五）七月、勝は新設の長崎海軍伝習所での「海軍伝習」を命ぜられた。

ペリー来航の二年後のことであり、三十三歳になっていた。

勝は歴史の表舞台へ登場した。

海軍伝習一期生には勝のほか、岩瀬忠震《ただなり》、川路聖謨《としあきら》、永井尚志《なおゆき》、井上清直、江川太郎左衛門といった逸材が揃った。かれらは開明派と呼ばれ、外交交渉や海防体制構築などで重要な役目を果たしていくことになる。

オランダが全面支援を約束し、軍艦スンビン号（観光丸）が幕府に寄贈された。操艦技術習得のためオランダが教官を派遣した。安政四年（一八五七）には軍艦ヤパン号（咸臨丸）が入港し、主席教官に海軍中尉リッダー・ホイセン・ファン・カッテンディーケが就任した。

カッテンディーケとの出会いは勝を運命的に変えた。

カッテンディーケはオランダ語に通じている勝を教授方に推薦し、首班格となった勝に伝習所運営方針を相談した。後にオランダ海軍大臣となるカッテンディーケの視野は流石に広く、政治感覚にも秀でていた。綿に水が染み入るように、勝にヨーロッパ的な考え方が諄々と吹き込まれた。

長崎湾の先に見える風頭の山を見つめながらカッテンディーケが不思議そうに勝に話しかけた。

「ドゥ・ヘール（ミスター）カツ、私は長崎に来て驚きました。町の防衛設備が貧弱であり、例えばイギリスならば一個小隊で奪い取ることが出来るでしょう。しかも…、出島を訪れた長崎商人と話して理解に苦しみました」

背中から稲佐山を駆け下りてきた風がカッテンディーケの長い金髪を靡《なび》かせた。

「『斯様な手薄な防衛設備で町を守り切れるのか』と尋ねたところ、『左様なことは幕府のお役人様が考えなさることで手前らはあずかり知りません』と答えるのです」

「オランダではどうなんですか？」

「ドゥ・ヘール・カツ、オランダには憲法という最高規範があり、何人《なんぴと》たりともオランダ国民として生命や生活を保障されています。故にオランダ国民は自分自身と国とを一体のものと考えています。もし敵が攻め込もうとすれば自らのこととしてこれを防ごうとします。日本国がそうなっていないことが不思議でなりません」

勝は天地が引っくり返るほどの衝撃を受けた。

勝は変わった。密《ひそ》かに「日本国民」・「日本人」に脱皮する素地を作った。

長崎伝習所は安政四年（一八五七）に転機が訪れた。幕府は江戸に軍艦教授所を建設して訓練施設とした。伝習生全員には江戸で後進指導の任務が与えられた。ところがオランダ側から異議が出た。オランダ人教官も交代期を迎えており、教官・生徒ともに新しくなれば再度一からのスタートとなるため、誰か残るよう要請があったのである。勝ほか五名が残ることになった。

運命とは悪戯《いたずら》ばかり与えるものではない。この時残ったおかげで勝は咸臨丸を真っ先に操縦し、死ぬ直前の島津斉彬と出会い西郷との縁をつくるのである。

安政五年三月、勝は薩摩に向かった。オランダ技師指導の下、伝習生による遠洋航海訓練の一環であり、薩摩の内情調査の密命も帯びていた。

野母崎半島を左に眺め、天草下島を通り過ぎ、甑島《こしきじま》を左に旋回して陸続きに咸臨丸は進んだ。勝は南の空を眺めていた。

「勝殿は薩摩のみならず琉球へも行きたそうですね」

話しかけたのは榎本武揚である。

「そうだな。できるなら琉球から一路メリケンへ向かいたいところだな。おれは折角習ったオランダ語が外国で通じるか試してみたいのさ」

そう言いつつ東の空に目を移した。

「手始めに琉球を見るのも悪くはない。だが薩摩が琉球との密貿易で利を得ているというじゃないかえ。そこへいきなり乗り込んでは島津公を激怒させちまうに違いねえ」

当時の薩摩藩主は幕政改革派の頂点にいる島津斉彬《なりあきら》である。

咸臨丸が薩摩に寄港するとの知らせを受けた斉彬は、指宿《いぶすき》の湯治場《とうじば》から馬駆けして山川港に現れ勝と対した。

（色白のふっくらした体格であり大々名の風格が漂うことよ）

「お役目ご苦労である。折角薩摩に来られたからには、ごゆるりとなされよ。なあに…薩摩が幕府に隠し立てするようなことは何もござらぬゆえ、お役目はすぐに終わろうほどに」

斉彬は勝一行の密命を見透かしている。

「殿様御みずから左様に仰せであれば、われらも領内に立ち入ってまで探索する必要もござりますまい」

「勝とやら、そなたとは意志が通じ合えそうじゃ。アッハッハ…」

意思疎通が図れた勝は通常ならば対等に話すことなど有り得ぬ斉彬と三月と五月に歓談し、以降も手紙のやり取りをした。斉彬は安政五年（一八五八）七月に四十九歳で亡くなるが、死ぬ直前に西郷に勝という〝人物〟を熱く語った。斉彬を崇拝する西郷はまだ見ぬ勝に大いに興味を持つことになる。

勝にとっては運命的な出会いであり、日本にとっては歴史的出来事と言えなくもない。

翌安政六年（一八五九）、勝は江戸に戻ることになった。勝の黎明期《れいめいき》が終了し、ここから激動期が始まる。三十七歳の気力漲《みなぎ》る候であった。

世は「安政の大獄」から「桜田門外の変」へ突き進もうとしていた。勝は、時勢に乗って頭角を現したのだが、政《まつりごと》の中心たる江戸にはいなかった。長崎での海軍伝習という時勢が生み出した最先端の場に身を置きながら、政治そのものにはコミットしていない。最先端の知識で幕府中枢部の動きを冷静に見つめていた。

江戸に戻った勝は時勢を論じた。

（幕府は国際外交の原則を持たずに、出来れば鎖国政策を続けたいと願ってはいるが、大砲で脅されれば忽《たちま》ち譲歩する。力と正義を区別することも組み合わせることも知らないし、力不足が分かっても国内改革で力をつける方策も浮かばない。……将軍継嗣問題はすでに片付いており、幕臣としては新将軍にお仕えするのみである）

江戸で勝を待っていた役目は、軍艦操練所教授方頭取であった。

（二）

日米修好通商条約批准のための使節団がアメリカに派遣されることになった。幕府の正式使節団はその艦上で日米修好通商条約が調印された最新鋭アメリカ艦船ポーハタン号で訪米することが決まった。海軍力強化の橋頭保《きょうとうほ》を求めていた幕府は、軍艦奉行水野忠徳の建議で日本人操縦の護衛艦をつけることにした。航海技術を高めるための操艦責任者候補に勝の名前があがった。それほどまでに勝は航海術および西洋兵学の第一人者としての名声が高まっていたのである。

勝もかねて海外渡航を夢みていた。オランダ書で学んだ操艦術と実際にオランダ技師から習ったことだけでも大変な違いがあるくらいだから、その本国を知れば効果は計り知れぬものがあろうと感じていた。何よりカッテンディーケから教わった『国民』というものの有様《ありよう》を自分の目で確かめたかった。

安政六年（一八五九）末の出発、艦船は咸臨丸と決まった。「使節団の護衛と遠洋航海の訓練」が主目的とされた。

「咸臨」とは「易経」からとった言葉であり、「君臣が互いに親しむ」という意味を含む。オランダで建造された木造スクーナー・コルベット鑑であり、長さ五十メートル、幅七メートルの船体に、百馬力のモーターを搭載しており、重さは三百トンである。

　提督は軍艦奉行木村喜毅《よしたけ》、艦長は軍艦操練所教授方頭取勝麟太郎、以下に下士官十七名、その他水夫・従者らを合わせて総員九十六名が乗り込んだ。

　その中には、福沢諭吉や中浜万次郎（ジョン万次郎）、小野友五郎らがいた。五十名余の水夫はほとんどが瀬戸内海に浮かぶ塩飽《しあく》諸島の出身であった。

　外事担当の岩瀬忠震らの開明派有志もかねて主張していた。

「邦人が操縦する自前の艦船を仕立てて異国への面目躍如とすべきである。また航海訓練や現地軍隊見聞は必ずや我が国の海軍設立・育成に役立つであろう」

　勝も同じ考えであった。

（異人の協力を得たのでは折角の壮挙が台無しになっちまう。余計な手助けを排して独力で操艦するにしかず）

　ゆえに計画段階では日本人のみが乗り込む予定であった。しかし、木村喜毅が反対した。

「勝殿が操艦技術に長けていることは、身共《みども》も長崎で一緒に働いたのでよく存じておる。ただ勝殿の航海経験としてはせいぜい長崎から薩摩までにござる。やはり邦人のみの航海技術で太平洋を横断することは無理があろう。いや時期尚早と言えよう」

木村は長崎から薩摩までの距離と、江戸からアメリカまでのそれを机上の地図で比較した。

「たまたまメリケン測量船クーパー号が台風のために座礁し浦賀に停泊しておる由。プルーク大尉と十名余の水夫も待機しておるとのこと。航海の成功が第一であり、かれらに手伝ってもらうほうが理に適《かな》っていると思う」

プルーク大尉はニューイングランド出身の紳士であり、咸臨丸に乗船すると誰彼となく穏やかな英語で語りかけた。ボーディッチの航海術を日本語訳した中浜万次郎の博識に驚き、敬意を払って親しく語り合った。

勝艦長が面舵《おもかじ》をいっぱいにとった。三浦半島を吹き降ろす風に咸臨丸の帆が揺れた。

第二章　波濤

【遣米使節団】

（一）

こうして小栗と勝という好敵手《ライバル》が、それぞれの艦船でアメリカを目指した。

これまでの二人の関係は薄い。若かりしとき共に男谷《おたに》道場で剣術を学び、かつ共に剣客であったにもかかわらず相対《あいたい》したことがない。勝が三歳年上だったこともあろうが、旗本と御家人間の帳《とばり》と幕府への忠誠の概念の相違が双方を引き離したといえるかもしれない。家格の違いは役目にも出た。小栗は幕府の正式使節団の目付としてポーハタン号に乗り、勝は正式使節団の護衛と訓練を兼ねて咸臨丸を操艦して太平洋に挑んだ。ゆえに確執と呼べるものはこの時期まで生じてはいなかった。

小栗と勝という二人の好敵手は、この後すぐに起こる「桜田門外の変」を海外で迎える。二人が〝臨場〟していたら、堂々とわが信念に従い深く踏み込み傷つきもしたであろう。二人の〝遣米〟は来るべき大局面を思うと、あるいは天が〝温存〟したのではないかとさえ思えてくる。

井伊が遣米使節団に課した使命は、日米修好通商条約批准、アメリカ海軍視察・研究、貨幣交換率の確定、の三項目である。アメリカ海軍視察・研究、貨幣交換率の確定は能力に比例する形で自然と小栗に任された。

小栗は幕府に決定的に欠けているものは金銭感覚だと感じ始めている。第三代家光時代の島原の乱が終わり、泰平の時代を迎えると武力が不要になり、規律・規範が重んじられるようになるにつれ儒教の中でも朱子学が主流となっていた。朱子学は商売を卑しいものとした。自然と幕府は経済感覚をなくし、列強との貨幣交換率交渉でも弄《もてあそ》ばれた。

小栗は訪米の直前に井伊に具申したことがある。

「日米修好通商条約は貨幣交換率に見られる如く不平等条約と言わざるを得ません。なぜならば交渉役の岩瀬殿・井上殿らの開明派の方々に貨幣に関する知識が乏しかったからでござります。彼らの優秀さや情熱は否定しませぬ。しかし最も肝心な『貨幣交換率や関税率』の知識が決定的に欠けておられた…」

（井伊様は国学の大家であり斯かる問題は苦手であろうが、大局を把握して頂かねば…）

小栗は訪米への決意を固めた。

小栗は活路を拓《ひら》くための準備を怠らない。アメリカ人から現地のことを聞きたくて横浜運上所へプルーク大尉を訪ねた。

「サンフランシスコはいかなる町か、パナマ鉄道に乗り替えるそうだがワシントンまで幾日を要するのか、何故サンフランシスコからワシントンまでの陸路を利用しないのか」

矢継ぎ早の質問にプルーク大尉は笑顔で答えた。

「サンフランシスコは一八四六年のメキシコとの戦争に勝利しアメリカに編入した地域でありその後ゴールド・ラッシュで人口が急増しました。パナマ鉄道終点の大西洋岸アスピンウォールからワシントンまでの航海はおよそ十二日間を要します。アメリカ大陸陸路横断は難所が多く、また先住民が多く住んでいて侵入者として攻撃されるかもしれません。それでパナマ鉄道を選択した次第です」

ポーハタン号に乗り込むメンバーも漸次選定された。

小栗は九人を選んだ。腹心の塚本真彦二十九歳、吉田信成三十五歳、江幡尚賢二十九歳、三好義路二十四歳、福島義言十九歳、三村秀清十七歳、木村敬直三十二歳、木村正義二十六歳、佐藤藤七五十四歳である。佐藤藤七は、小栗の知行地上野国権田村《こうずけのくにごんたむら》の名主である。農業分野でも学ぶべき点があろうと農民代表も伴ったのである。藤七は江戸の繁栄に目を見張った上に今度は大型艦船での航海であり、正に天地が動転していた。

「農業は国の基本じゃ。おぬしがメリケンの農業の有様や技術を確り《しっか》身に着け、わが国農業改革の先達となるのじゃぞ」

「ははっ…。メリケンから戻ったならば権田村の農業を盛んにし、全国の模範として見せまする」

小栗は人材の育成に特段の注意を注《そそ》いだ。

安政七年（一八六〇）一月十八日に使節団一行が品川沖で乗船すると、タットノール提督、ピールソン艦長以下三百十二名のアメリカ海軍士官が正装で出迎え、水兵が整列し銃をささげて敬礼した。軍楽隊が愛国歌『ヘイル・コロンビア』を演奏し、三十一発の礼砲が江戸湾に轟《とどろ》いた。品川沖から曳航《えいこう》されて四日後、ポーハタン号は浦賀港からサンフランシスコに向けて舵を切った。

（二）

三月九日ポーハタン号はサンフランシスコの港に着いた。

小栗は甲板に出た。

（サンフランシスコの太陽は日本《ひのもと》の太陽より眩《まぶ》しい）

大きな欠伸《あくび》をした。籠っていた疲れが体内より飛び出し元気が湧いてくるのが自分でも不思議であった。カリフォルニア湾の風は実に穏やかである。

（江戸はいまだ寒かろうに…。異国なのだ。ここはメリケン…）

「小栗殿。いやはや大変な船旅でござりましたな」

いつのまにか木村喜毅《よしたけ》が眼前に立っていた。

木村摂津守喜毅。岩瀬忠震の門下生であり、亡き阿部正弘に抜擢された人物である。長崎海軍伝習所取締、神奈川開港御用掛を歴任したのち軍艦奉行に就《つ》いた。遣米使節団派遣に際しては護衛かつ操艦訓練を目的とした咸臨丸提督に任じられている。幕臣としての家格でいえば、二千五百石取りの小栗家より五百石ほど低いが、三河以来の旗本であり代々将軍家別荘である浜御殿奉行を務めた家柄である。育ちの良さゆえか人品がよく、いかにも〝お歴々〟といった風韻を漂わせており、小栗はかねて親しみを感じている。

「これは木村殿。欠伸があまりに心地よくて失礼いたしました。そうそう…既に到着されていたのですな」

「如何《いか》にも。十日ほど前に着き申した。今は市内の〝ホテル〟という旅籠《はたご》に泊まっておりまする」

木村に案内されて小栗は船を降りた。久々に大地を踏んだせいか膝《ひざ》が震えた。

（やはり足が地につかない船旅であった）

木村はホテルの部屋につくや、とっておきの洋酒をベッドの横から持ち寄り、机の上に備え付けのグラスを二個並べ、コルクを抜いた。話が弾んだ。

「われらが咸臨丸で当地に着いた時は、当然に最新鋭艦のポーハタン号はサンフランシスコ港で帆を休めているものと思うていましたに…。驚きましたぞ」

「ポーハタン号が浦賀を出港したのが正月二十一日。しばらく穏やかな天候が続きましたが、突然の嵐に襲われたのはここらあたりです」

小栗は海図の一点を指した。太平洋の真ん中である。

「夜になると嵐は更に激しさを増し、船は傾き帆が一本折れる有様でござった」

常日頃冷静な小栗が当時を思い出して多少狼狽したように木村には見えた。

「流石にメリケン水兵は鍛えられておりまする。ピールソン艦長が『この二十年で最悪』と語りながら、水兵らに的確な指示を下して見事に難局を乗り切りました。しかも船酔いに苦しむ我らに手厚い介護を施してくれました」

小栗は感激に幾分か我を忘れた。

「船酔いを体験してつくづく感じました。鎖国令により外国船の寄港さえ認めなかったのは、いかにも非人道的な仕打ちでござりますな…」

幕政批判とも受け取られ兼ねずハッとして右の掌で口を押え、話を航海に戻した。

「ポーハタン号は嵐と遭遇したせいで予想外の燃料と水を使ったために、それらの補給と船体の修理のため二月十三日にサンドイッチ諸島のホノルルに立ち寄ったのでござる」

ハワイ諸島は当時サンドイッチ諸島と呼ばれていた。太平洋上での抹香鯨《まっこうくじら》捕鯨の中継基地として多くの捕鯨船が寄港しており、アメリカ人の移住者が増加していた。

ハワイは日本との国交はなかったが、タットノール提督の奨めで船酔い疲れの使節団一行はホノルルに上陸した。

(鶏冠《とさか》頭に長スカート姿で、大小二本のナイフを差しているね〜)

突然の珍客にホノルル市民は興味津々《しんしん》の体《てい》である。

「二月十八日にはハワイ国王アレキサンダー・リホリホ・カメハメハ四世から王宮に招かれました。国王はメリケンを快く思っておらぬ風でござった。かつてニューヨークで黒人の召使いと間違われて酷《ひど》い差別を受けたとのこと。屈辱の恨みはいずこも同じでござりますな。…といったところが、木村殿たちから遅れた理由でござる」

大柄で迫力満点のカメハメハ大王の無邪気な姿を思い出して小栗は微笑んだ。

「ところで木村殿たちは大嵐の中をよくぞ日本人だけで乗り切られましたな」

木村は頭《かぶり》を振った。

「実のところ我らもメリケン人に救われ申した。小栗殿たちと同じ頃に我らも大嵐に出会いました。あの塩飽《しあく》の水夫たちさえ引き返そうと泣き言ばかり繰り返すのです。しかしブレーク大尉以下のメリケン水兵たちは勇猛果敢でござった。意気消沈することなく見事な動きで危機を脱しました」

木村は興味深い話に移った。

「某の従者に中津奥平家家臣の福沢諭吉というものがおりましての。こやつは頭は切れる上に度胸も据わってござっての、大時化《しけ》を前にして『何のことはない。牢屋に入れられて毎日毎晩大地震に遭っていると思えばわけなし』とほざきおりますのや。また陪臣ゆえに不平不満も溜っているのでござろう…、『門閥は親の仇にござる』と身分制を拒み『天は人の上に人を造らず、人の下に人を造らず』と事あるごとに大声で叫びまする。但し、某に対しては船酔いの介抱や衣食住の世話をようしてくれました」

木村はグラスに残った洋酒を一息で飲み干した。多少酔わねば言い難《にく》いのであろう。

「もう一人は艦長の勝でござります。大嵐の最中には船酔いしてキャビンで寝たきりになり艦長不在で航海する始末でござった。あれほど日本人のみで操艦せねば意味がないと言っておきながら肝心な時に役には立たず、メリケン人に世話のかけっぱなしでござった」

流石に木村は冷静である。勝の微妙な変化を敏感に感じ取っていた。

「勝は長崎伝習所でも某の配下にいましての…、確かにオランダ語に通じ操艦技術は抜群であり、カッテンディーケ先生の信任も厚かった。しかし上司たる某にはいつも突っかかってきおった。『実力もないのに門地だけで上につくのは許さねえ！』と皆の前で大声で叫ぶのです。某が七歳年下ということも輪をかけたのやもしれませぬ」

空になったグラスに再度洋酒を注ぎ、半分ほど一気に飲んだ。顔が赤らびてきた。

「その勝がどことのう変わった気がしますのじゃ。今回の護衛艦派遣を声高《こわだか》に主張したのも勝です。念願かなって艦長に任命されたものの、後で某が提督として乗り込んできたため面白いはずはござりますまい。なれど某に八つ当たりすることはござらなんだ。幕府体制の問題ととらえ始めたように某には思われました」

木村が感じたように勝は『国民』思想に体全体を染め上げようとしていた。

（門地だけで人選が決まるのは、決めた側を攻めるべきであろう。悪いのは身分制を前提に成り立っている封建制度である。だから国民が育たないのだ…）

黒船来航後わずか七年にして、咸臨丸が三十七日の航海で二月二十七日にサンフランシスコに辿り着いた。多少のアメリカ水兵の手助けがあったにせよ、日本人の手で日本軍艦が太平洋を横断したのである。

プルーク大尉は誠に潔い軍人である。航海を共にした異国の仲間を称賛した。

「勝艦長以下の日本の水兵は優秀であった。見事に太平洋を乗り切ったのだ。私は本当に感動している」

使節団一行を乗せたポーハタン号は咸臨丸から十二日遅れた三月十二日にサンフランシスコ港に姿を現した。巡視船が祝砲を二十一発放った。ポーハタン号が答礼に発砲すると、港に停泊中の英仏露の艦船も一斉に祝砲を轟かせた。硝煙が晴れると、港には遣米使節団を一目見ようと多くの市民が人だかりを築いていた。その後、燃料詰め込みのため一週間ほど港に停泊したが、その間に市をあげての歓迎会が催された。

安政七年（一八六〇）当時のサンフランシスコは人口十六万人を擁し、各国の交易船が行き交う国際都市であった。かつての未開の地が短期間で切り開かれたのは、一八四八年にサクラメント近郊の川で砂金が発見されたというニュースが流れたからである。ゴールドラッシュが起きて町が一変した。因みに中国語ではサンフランシスコを〝旧金山〟と綴る。

【ブロードウェイの行列】

（一）

ポーハタン号の到着により咸臨丸の任務は帰国の航海を除いて終了した。しかし大嵐の影響は船体の破損として傷跡を残し、修理のためにしばらくサンフランシスコに留まることになった。咸臨丸の乗組員は思いがけずも大歓迎を受けた。

福沢諭吉は慶応義塾開設後に塾生に語っている。

「メリケン人の身になってみれば、メリケン人が初めて国を開いた其の日本人が、ペルリ航海後八年目にして自分の国に航海してきたのである。ちょうど自分が教えた生徒が実業に就いて自分と同じことをするのと同様、乃公《だいこう》（俺様）がその端緒《ちょ》を開いたんだぞと言わんばかりの心地であったに違いない。ソコでもう日本人を掌《てのひら》の上に乗せて、不自由をさせぬようにと頻《しき》りに気づかいするという調子であ　る」

アメリカ海軍は市中心部にある官舎を一行の宿に進んで提供し、また咸臨丸をドックに入れて無償で修理した。

木村は日記に認《したた》めた。

「余つらつら思うに、この国の人は皆懇篤にして礼儀あり。このたびの我が国との交際を喜び、すべての人が咸臨丸の来航せしを快《こころよ》しとし、中でも官人はつとめて懇切に周旋し、いささかも軽蔑侮辱《けいべつぶじょく》の意なし。これは我が皇国の威霊ともいうべきであるが、しかしまた、この国の風俗教化の善をも思い知るべきである」

勝は、カッテンディーケの言う『国民』の実態を垣間見ようとサンフランシスコ市街に出た。通りは人で溢れ、人々は大声で談笑している。どの顔も明るく自由を謳歌《おうか》しているかのようである。

勝はオランダ語ならば堪能だが、英語はそれほどでもない。アヘン戦争以来、これからは英語が主流になると確信し学習中である。簡単な会話ならば何とかなるので試した。

「貴国の初代大統領ワシントンの子孫は今どうしていなさる?」

「確かワシントンには娘がいたと思うが、いや〜知らないね。興味もないよ」

勝は自問自答した。

（アメリカにおけるワシントンは、日本では徳川家康公であろう。家康公の子孫のことは天下の一大事であり、日本人ならば皆が知っておろうに）

俄《にわ》かに信じられなくて道行くアメリカ人数名に聞いてみた。皆が知らないと言う。

（カッテンディーケ先生が語られたように、自国の憲法で生命や財産を守られているので、一個人や一家系を崇拝しなくても国家に忠誠を誓えばそれで十分なのであろう。逆に国家に危機が迫れば、自分たちのこととして一致団結して国家を守る動きを取るであろう）

勝の知識が見識に昇華した。


〝ハンバーグショップ〟の隣に玩具店があり、地球儀に目が留まった。店主が丁寧に説明してくれた。

「このユーラシア大陸の脇で弧を描いている島が日本です。四つの点でしか表わせずにすみません」

なんだか情けなくなった。

（なるほど点にしかすぎぬ。そんなちっぽけな国のなかで、やれ朝廷だ、やれ幕府だ、やれ薩長だ、といがみ合っているのは…、愚かなことよ）

玩具店を出ると街角で新聞を売っていたので買求めた。『ピーピング・トム』（のぞき見精神）との見出しの記事に興味を持った。

「日本人の身形《みなり》でアメリカ人の関心が最も高かったのは、〝袂《たもと》〟と〝懐《ふところ》〟の存在である。背広のポケットの代用として、日本人は帯の上部と袖の脇の部分を使っている。まるでカンガルーの前袋ではないか」

発想が自由で楽しい。

咸臨丸の修理の進み具合を確認するためメーア島の海軍造船所に出かけようと準備をしていたら、サンフランシスコ奉行所（裁判所）からの召喚状《しょうかんじょう》が届いた。咸臨丸の乗組員の誰かが事件を起こしたのだろうかと心配しながら出廷した。法衣を纏《まと》った奉行付（裁判官）が三名しかめっ面《つら》をして椅子に座っている。最後に奉行（裁判長）が登場し着座すると尋問が始まった。まず名前・年齢・国籍・職業などを問われて返答した。尋問は核心に入った。

「この浮世絵本は何であるか。ミスター・カツ、ユーの配下の乗組員が公園を散歩していた二人のレディーにいきなりこの本を見開いて見せたということである。アメリカではこれはれっきとした犯罪である」

男女の秘戯を描いた浮世絵本を提示されて勝は驚いた。いわゆるエロチック本である。勝は瞬時に知恵が働く。

「その本は芸術本であり教育本でもございます」

「かような見苦しい本が日本では芸術本・教育本なのか？」

「わが国はオランダとも交易しておりますが、オランダでは浮世絵本の評価は高くかの国の絵描きに大層影響を与えているとのことにございます。また貴国と違い我が国の性教育は大々的に行われておらず、娘を嫁がせるときに母親がこれを使って教えまする。すなわち『性教育読本』の役割を果たしておりまする」

利口な勝は相手を追い詰めずに譲る。

「浮世絵に対する見解の相違とはいえ、貴国のレディーに無礼を働いたことは深くお詫びいたしまする。浮世絵はすぐに処分し、無礼を働いたものはしかるべく処分いたしまする」

「大変心掛けがよろしい」

裁判長は勝の素早い対応に満足して閉廷を告げた。

勝がメーア島に行くべく裁判所を出ようとすると裁判長付の秘書が追いかけてきた。

「裁判長が最後の申渡し事項があるとのことです」

裁判長控室の扉を開けると、裁判長は法衣を脱いで寛《くつろ》いでいた。

「法廷では傍聴人《ぼうちょうにん》もいたので杓子定規《しゃくしじょうぎ》な対応をしてすみませんでした。実は訴え出た娘さんから浮世絵本を買いたいとの依頼を受けたのです。ハウマッチ？」

勝はニコリと微笑んだ。

「フリー（無料）でござる。差し上げまする」

国民と国家が、それぞれに納税義務を負い、生命と財産を保証している実態が街角を歩くごとに詳《つまび》らかになり、勝の見識を思想にまで高めはじめた。

（メリケン社会は自由の中に自浄作用が働いており、官民相携《あいたずさ》えて常に新しいものに向かっている。俺も日本をそんな国にしたいのよ）


帰国の時期が迫り咸臨丸乗組員は土産の買い漁《あさ》りに余念がない。

「これからの万国公用語（国際語）はオランダ語ではなくて英語となろう」

福沢諭吉と中浜万次郎はそう言って『ウェブスター英語辞典』を買い込んだ。流石《さすが》このおかげでそれ以降の日本の英語教育は目覚ましく進歩することになる。流石に二人の見る目は違った。

（二）

ポーハタン号の遣米使節団一行はサンフランシスコに九日間停泊した後、病気の従者一人を咸臨丸に託して七十六名で一路パナマに向けて南下した。

航海にも慣れ景色を愉しむ余裕が出てきた一行は夫々《それぞれ》甲板に出て、カリフォルニア海流が齎《もたら》す心地よい風に吹かれた。

万延元年（一八六〇）三月五日早朝にパナマ港に到着した。ここから大西洋岸のアスピンウォールまでパナマ鉄道を利用する。タットノール提督はじめポーハタン号の乗組員との別れは苦しい長旅だっただけに感激深く双方で涙した。

当時パナマはイスパニア（スペイン）領であり、パナマ鉄道は五年ほど前に開通していた。

サンフランシスコのゴールドラッシュを契機に大西洋岸と太平洋岸を結ぶ三つのルートが敷かれた。北米大陸横断鉄道、マゼラン海峡航路、それと今回のパナマ地峡横断鉄道である。

使節団全員が初めての列車の旅である。

「なんと速い乗り物じゃ。景色を見ようにもすぐに通り過ぎてしまうではないか」

「音がうるさくて話が出来ぬ…」

感想が初心者そのものであった。

小栗はいかなる場合も卒然としていない。

（我が国の発展になるものは何でも吸収する。技術や手法を持ち帰れば有難いが…）

　アメリカ側の接待委員ガルネイに問うた。

「パナマ鉄道は五年前に敷かれたと聞き及んだが、いかほど費やしたのでござるか？」

「パナマ鉄道の建設費用は約七百万ドルでした」

「建設費用はいかようにして集められたのじゃ？」

「アメリカ政府が出したのではなく、発起人の呼び掛けに応じてアメリカの富裕な商人たちが資金を出し合って鉄道組合を創設しました。運賃収入で利益が出れば、パナマ政府に地代を支払って、残りの利益を鉄道組合が出資高に応じて出資者に分配する方式を採用致しました」

　小栗は幕府財政窮乏の折、この方式は使えると感じた。

　大西洋岸のアスピンウォール港にフリゲート艦船ロアノーク号が迎えに来ていた。ポーハタン号と同じような大きさである。荷物の移し替え作業を済ますと、ロアノーク号はカリブ海を北上した。マクルーニー提督、ガードナー艦長ほか五百八十人の乗組員で構成されており、小栗は夫々《それぞれ》の部屋を回って挨拶を交わした。

カリブ海航行中に、小栗に不思議な感覚と衝撃を与えた一つの出来事があった。赤道直下通過の際にロアノーク号の乗組員二人が原因不明の病気にかかり手当の甲斐なく死亡したのである。水葬《すいそう》が艦上で執り行われることになり、提督や艦長も参列し、神への祈りが終わると棺《ひつぎ》が海に投じられた。

幕藩体制下の日本の社会では、階級が格下の者の葬儀には親戚縁者でもない限り格上者が参列することなどあり得なかった。

(マクルーニー殿やガードナー殿は部下を死に至らしめたことを自らの管理能力の欠如と捉え責任を感じておられる。心底悲しまれている様子がはっきりと窺われる。上官と下官の間にはメリケン海軍としての組織統制上の上下関係はあるものの、個人としては同格なのだ。士農工商といった身分制度はない。等質な国民が国に守られ国を守っているのだ)

小栗は郡県制を施行する上でなさねばならぬことが見えてきた。

(我が国がエゲレスやフランスと伍していくためには、身分制を前提としている

封建制度から脱却して、等質な国民による郡県制に変えていかねばならぬ）
小栗のなかで縺《もつ》れた糸が解《ほど》けた。清々《すがすが》しい余韻が残った。

ロアノーク号は、母港のニューヨーク港に寄港した後Uターンしてワシントンに向かい、郊外のハンプトン・ローズ港で錨《いかり》をおろした。そこから小舟に乗り換えワシントン港に上陸したのは閏三月二十五日の昼過ぎであった。約三ヵ月の航海を乗り切ったのである。


ワシントンでは大群衆が迎えた。揉みくちゃにされながら用意されていた馬車に乗り込み、一行が向かったのはウィラード・ホテルである。

現地の人の熱狂ぶりを副使の村垣は日記に記した。

「男女群集して家の内外、屋根まで登りて見物す。見物人充満して道もなき迄なり。そが中に、新聞屋とて、そこらを駆け歩《ある》行き、何か書する様なり。後に聞けば速やかにその日の出来事を刷り立て売り出すとの由…」

〝新聞〟についてはサンフランシスコでも出くわしたが、『論語』にいう「子曰く、民は之に由《よ》らしむべし、之を知らしむべからず」で育った一行は、万民に多くを公表するこの国の有り様に、幾分かの違和感とそれを押しのける解放感に包まれた。

国書奉呈式は万延元年（一八六〇）閏三月二十八日に決まった。小栗は忙しい合間を縫ってカス国務長官を表敬訪問した。

「カス長官、さまざまなご手配・ご配慮に心より感謝申し上げる。早速でござるが、奉呈式当日の手順は貴国方式に合わせ申すゆえ、仕来《しきた》り・作法などがござったらご教示賜りたく存ずる。稽古《けいこ》をして参りますれば…」

カス長官は不思議な顔をした。

「アメリカ人はそのようなことには拘《こだわ》りません。日本式で進めて構いません」

何でも先例ばかりにこだわる日本の頑《かたく》なな仕来りにうんざりしていた小栗は、アメリカ式に理に適《かな》った好ましさを感じた。

アメリカ合衆国第十五代大統領ブキャナンへの国書奉呈式はホワイトハウスで恙《つつが》なく執り行われた。三使は狩衣《かりぎぬ》・烏帽子《えぼし》、他の者は布衣《ほい》・素袍《すおう》の姿で参列した。

その壮麗さは周りの目を釘付けにした。

儀式が終了すると使節団一行は議事堂を案内された。議場では議員が次々に登壇し手振りを交えて大声で叫んでいる。何事だと尋ねると、国事を議論しているのだという。夫々《それぞれ》が党を代表して意見を述べ国の方向を決めていくのだという。

馴れない一行は囁《ささや》き合った。

「大声で怒鳴りあったり、議長が高いところにいる様など、日本橋の魚市にそっくりじゃな」

一行はホワイトハウスにも案内された。豪華ではあるが、江戸城のような厳《いか》めしさはない。通路には歴代大統領の〝胸像〟が据えられていた。またもや誰かが悪ふざけた。

「まるで小塚原《こづかっぱら》か鈴ヶ森《すずがもり》で処刑された罪人の首みたいじゃ」

四月二十日、一行はワシントンを離れニューヨークへ向かった。そこでも大歓迎を受けた。日の丸と星条旗を掲げた軍艦数十隻からそれぞれ二十一発の祝砲が放たれ、丘に据えられた大砲からも空砲が撃ち鳴らされた。

市内ではブロードウェイ、グランド・ストリートからユニオン・スクウェアに向けて行進した。溢れんばかりにニューヨーク市民が沿道を包んだ。

ウォルト・ホイットマンはこの行進を見て、『ブロードウェイの行列』という詩編を編んだ。日本使節団の挙措動作の品の良さと毅然とした姿に感動し、〝超然〟という言葉で形容したのである。

江戸時代も泰平の世を迎えて以降、上品で凛々しい人間をつくる場所は、京都御所ではなく江戸の門地高い旗本武家屋敷街であった。まさに江戸二百六十年の文化の上澄《うわず》みがブロードウェイを行進したのである。新見や村垣は条約批准の過程ではお飾りに過ぎなかったが、垣間見せる品の良さは明治維新後の岩倉使節団と比べても段違いのものであった。

アメリカの大衆にしてみればそれで十分であった。彼らは中国人を見ていたが日本人を知らなかった。中国人と異なり、武士道と呼ばれる体系化されざる倫理的な文明国からの使者に興味を持ったのである。

小栗には物見遊山に興じる時間はなかった。使節団の代表として熱心に軍事施設や兵器工場を視察し、また政府高官との交渉に臨んでいたのである。その熱心な態度は『愛国心の発露』としてアメリカ人を感動させた。

小栗はアメリカの自由な空気を吸い込むごとに身分制度を前提とした封建制度の矛盾を痛感し、「国民という等質のものにせねば本当の意味での愛国心は育《はぐく》まれない」と確信してゆく己を感じていた。ここに小栗も密かに『国民』に脱皮した。「誠忠無比の安祥譜代旗本」の家風に育った小栗のそれは「徳川幕府を統治機構の中心に据える」国家構想であり、勝のそれとは重心の置き所が異なった。

（三）

（サンフランシスコの太陽がニューヨークの太陽《それ》より陽射しが鋭かったような…）

ニューヨークの太陽の陽射しを浴びながら、小栗はアメリカに赴く前に老中水野忠徳から授かった命を思い返していた。

江戸城に赴き、お城坊主に老中部屋に案内されると、水野が微笑みを浮かべて迎えた。

「そなたが亡き忠高殿が『曲げぬ倅《せがれ》』と申されておった忠順殿か。己が正しいと信じたら、親父殿の忠告も聞かなかったそうじゃの。儂《わし》と忠高殿は御目付時代に座を隣にして仕事をした仲なのじゃ。かれこれ十三年余り経つかの。その忠高殿も四年ほど前に亡くなられてしまい淋しい限りじゃ」

水野は不意に押し寄せた感激で声を詰まらせた。

「いきなりの不躾《ぶしつけ》はお許し下されそなたは金勘定が得意だそうじゃの…」

「得意というほどにもございませぬ。公儀より禄を受けております旗本としては当然のことでございまするが、毎日金勘定を帳面につけて大事に管理しておりまする」

「それでは金勘定はお手のものじゃな」

問われて小栗は持論を述べた。

「さきほど申し上げましたように、某は拙宅の生計を切り盛りしておりまする。『量入制出簿』と名付けて『入るを量《はか》り、出を制する』を旨として、大事な禄を使うべきところに使おうと心がけておりまする。家督を継いでからは『勝手方勘定帳』に名を改めておりまするが…」

「ほほう…、幕府勘定も小栗家を見習わなければならぬの…ワッハッハ」

笑いながらも水野はそれが出来ておらぬ幕府財政を憂えた。

「しからば頼みがある」

「頼みと申されますと…」

「メリケンへ渡った折に貨幣の有様《ありよう》について現地政府役人から聞き出してきて欲しいのじゃ。これは井伊大老の仰せ付けでもある故にな」

「貨幣のいかなる点をでござりますか？」

水野は本論に入った。

「話はペルリ来航まで遡《さかのぼ》る。嘉永七年（一八五四）三月に横浜で日米和親条約が締結された時のことである。ペルリは日米間の貨幣交換率の問題を持ち出しおった。交渉は長引き、安政三年（一八五六）三月に駐日総領事として着任したハルリスに引き継がれた。ハルリスは我が国の無知に付け込んで早々に争点を決着させおった。日米修好通商条約に『通貨の同種同量交換』条項に盛り込ませて、ドルラル一枚と一分銀一枚を銀地金の含有量によって交換すべきだと主張し、衡量の結果ドルラル一枚は一分銀三枚に相当するとしたのじゃ」

溜め息を交えて水野は続けた。

「そもそも一分銀四枚を小判一枚（一両）としたのは一分銀の銀地金含有量によるものではなく、江戸と上方間の取引を円滑にするために幕府の信用力を裏付けにそうと決めたもの（信用貨幣）じゃ。一方、諸外国にて適用されている金銀交換率を基に前任者のペルリとの協議の結果、小判一枚はドルラル四枚に相当すると定められた。故にドルラル一枚は一分銀一枚の価値に過ぎぬのに、ハルリスは一分銀三枚の価値ありとしてしもうたのじゃ。つまり、小判一枚をドルラル四枚と交換し、次にドルラル四枚を一分銀十二枚に替え、更に一分銀十二枚を小判に替えれば三枚となってしまう。何と両替するだけで一両が三両に化けてしまう……！。横浜でのメリケン人による小判の買い漁りはこのために起きておるのじゃ。このまま放置すれば、幕府の保有金が枯渇《こかつ》してしまいかねず、幕府の台所が苦しくなるのは目に見えておる。兎にも角にも、この理不尽を糺《ただ》さねばならぬ。頼まれてくれぬか？」

「理不尽を糺すことに何の異議もございませぬ。可能な限り改めてみせまする」

身動《みじろ》ぎもせずに答えた。小栗は正しい方向へ向けた労力を惜しむことをしない。

（その機会が訪れたのだ）

連邦造幣局はフィラデルフィアにある。アメリカ側は小栗の熱気に押されるままに非公開部分も含めガラス張りにして情報交換に応じた。余裕のなせる業《わざ》でもあろう。

（造幣技術は大坂の金座や銀座があるいは優れておるやもしれぬ）

大坂造幣局の桜並木を脳裏に浮かべながら、調査すべき点をすばやく整理した。

（まず小判一枚の金地金含有量と、ドルラル一枚の銀地金含有量を正確に測り、諸外国間で適用される金銀交換率で割り出した場合、小判一枚はドルラル何枚分に相当するかを明確にする必要があろう…）

「日本の硬貨とメリケンの硬貨の中に含まれている金・銀の量目を比較できますまいか」

問われた造幣局長スノウデンは部下と顔を見合わせた。まさかそんなことに関心を寄せている日本人がいようとは思ってもみなかったのである。

「ミスター・オグリ。了解しました。それでは金貨を一枚用意してください。ドルと比べてみましょう」

小栗はプッと吹き出した。相手を見くびること、国内においてと同じである。

「待ってくだされ。一枚ずつで比較するのは危険でござる。少なくとも無作為で取り出した数十枚ずつの硬貨が必要でござろう。狂いは極力小さくしたい故に…」

スノウデンは目を白黒させた。

（日本人から「ノー」という返事を聞こうとは…）

「ワンダフル！　ミスター・オグリ、あなたは『ノー』と言った初めての日本人です。我々は日本人がいつもへらへらしており、明確な意思表示をしないことに辟易《へきえき》していました。ユーはきちんと意思表示のできる方だ。言われることは理解できます。そのような分析を行ないましょう。但し、分析には時間を要しますので数日お待ち頂くことになりますが…」

「当然にござる。たとえ時間はかかろうとも正しい分析をしていただきとうござる」

スノウデンの小栗に対する態度は一変した。姑息な態度は一切取らずに誠実に検査を行ない、自らに不利益なこともすべて公表した。小栗はその姿勢に感動した。

（正義と真実を尊ぶ…。夷狄《いてき》どころではない。なんと善良で勇気ある人々ではないか…）

小栗には分かっていた。

（今回の使節団の目的はハルリス総領事との間で締結した日米修好通商条約の批准書の交換である。同時に不平等事項の改正を申し入れることは出来ようはずもない）

小栗は意を新たにした。

（今は無理でも将来への架け橋は築いておかねばならぬ。この条約の不平等性が分かっている日本人がいることをメリケン人に認識させておくことが重要である。そこを起点に条約改正に努力していくことが肝要であろう）

アメリカでの全ての行事を終えた一行は帰国することになった。当初は太平洋横断航路を採ろうとしたがアメリカ最新鋭艦船ナイアガラ号をもってしてもマゼラン海峡経由は困難だと判断され、南アフリカの喜望峰廻りを採用することになった。

ニューヨークを出港したのは万延元年（一八六〇）五月十三日である。四ヵ月余りの航海の末、九月二十八日に遣米使節団一行は横浜港に着岸した。

(四)

暗雲が流れた。

安政七年（一八六〇）三月三日といえば、小栗と勝が異なる艦船でアメリカへ向かった日から僅か一月半後である。

その日に幕府大老にして権力を一身で振りかざしていた井伊直弼が斬殺されたのである。

井伊の独裁専制と志士弾圧に反発する空気はいよいよ充満し、勅諚《ちょくじょう》返上問題で窮地に陥った水戸藩の過激派浪士が暴発したのである。その日は春には珍しい大雪であり、芝愛宕《あたご》山に集まった十八人の水戸藩脱藩浪士と一人の薩摩藩脱藩浪士が桜田門外に向かい、群衆の間に紛れ込んだ。

井伊家にとっては不運であった。厳重な雪支度をしていたため、すべての供回りが刀に柄袋《つかぶくろ》を被《かぶ》せ紐《ひも》で結んでいた。この紐を解かない限り刀を抜けない。また激しい雪のため先頭集団で何が起きても後方の供回りにはわからない。

「かかれ！」

合図とともに手筈通り浪士らは数組に分かれて籠を目がけて斬り込んだ。籠周りを固めていた井伊家の供回り十名余が瞬く間に浪士の刃に倒れた。籠から引き出された井伊は水戸藩以外からただひとり加わっていた薩摩浪士の有馬治左衛門によって一撃で首を撥《は》ねられた。

浪士襲撃の知らせを受けて井伊家上屋敷から駆けつけた藩士が見たのは凄まじい凶行の跡であった。籠は残されたが井伊の姿はどこにも無い。いや正確には首のない胴体だけが雪の上に転がっている。赤く染まった雪があたり一面を覆っていた。

この事件の後始末にあたったのが、磐城《いわき》平藩主安藤信正である。江戸城中大騒ぎのなか、「井伊屋敷の様子を見てくる」と言って出かけた。やがて戻ってきた安藤は言った。

「井伊大老は酷《ひど》い病に侵されておられ生息吐息《せいそくといき》の状態でござった」

この一言で井伊家はお家断絶を免れた。やがて井伊家から使者が登城して報告した。

「当主直弼が本日病のため身罷りまして候。後継は次男直憲《なおのり》と致したくお伺い申し上げる次第」

井伊家は救われた。だが井伊直弼が殺害されたのは事実である。その場を多くの江戸っ子が見ており、噂はたちまち江戸中に広がった。


「殿さま！　一大事にござります…」

小栗はスノウデンに金銀含有率の調査を依頼し終えてフィラデルフィアの大通公園で子供らが球蹴りするのを微笑ましく眺めていた。静けさの帳《とばり》を破るかのように、傍らで現地の新聞『インクワイアラ』を見ていた腹心の塚本が突然に大声で叫んだ。塚本真彦は妻の道子の実家建部家の小姓であったが、その才能を見込んだ小栗が夫人付として取り込み、遣米使節にも側近として随行させていた。塚本は出発以前から英語の勉強を始めており、この頃は新聞記事が概ね読めるようになっていた。

「何事じゃ」

「殿…大変にござります。井伊大老が狼藉者《ろうぜきもの》に襲われお亡くなりになられました…！」

「何い…！」

元来冷静な小栗は大声を張り上げることなど生涯でも数えるほどしかなかったが、この時ほどそれが甚《はなは》だしかったことはない。小栗は言葉を失った。暫《しば》くして虚《うつ》ろに呟《つぶや》いた。

「俄かには信じられぬ…。大げさに伝えているのではないか？　間違いであってくれればよいが…。仮にだ…」

動転して言葉にならない。

「儂《わし》が今ここにこうしていられるのも井伊様のお陰じゃ。井伊様は巨大な岩のような存在であらせられた。井伊様の剛腕によって幕府機構はかろうじて支えられておると言えよう。仮にその井伊様が亡くなられたとなると…」

小栗は危惧した。

「狼藉者が政《まつりごと》を動かすことなど断じてあり得ぬ。じゃが幕府開闢《かいびゃく》以前より最強と言われた彦根藩がわずか十五名ばかりの浪士に斬り込まれて惨敗したとなると、不埒《ふらち》な勢力が勢いを増さぬとも限らぬ。影響は極めて大きかろう…」

咸臨丸が五月五日、浦賀港に入港しようとしていた。そこへ浦賀奉行所の与力が手勢を従えて乗り込んできた。勝は大喝した。

「艦長の勝だ。咸臨丸と知っての探索か！」

与力も必死である。

「井伊大老を桜田門外で水戸浪人らが斬殺した。浦賀港に入港する船すべてを調べておる。しばし協力致されよ」

「メリケンには水戸者はいないと奉行にそう言いな…」

勝ははじめて井伊大老の死を知り、

「これで幕府も終わりだな」

と空に向かって叫んだ。

【対馬事件】

（一）

井伊が襲撃され斬殺されたあと、幕政は安藤対馬守信正と久世《くぜ》大和守広周《ひろちか》に委ねられた。それから間もなくロシア軍艦による対馬漂泊事件が起きた。

文久元年（一八六一）二月、ロシア軍艦ポサドニック号が修理の名目で対馬に寄港したのである。不凍港を求め南下政策を推進するロシアはすでに極東のウラジオストクを手中に収めており、さらに日本海から東シナ海に至る航路の安全を確保するための事実上の軍事拠点とすべく対馬に目をつけたのである。ポサドニック号艦長ニコライ・ビリリョフは船体修理期間中の停泊を対馬藩に願い出て浅茅湾《あそうわん》内の尾崎浦に停泊するや、すぐに湾内の測量を配下に命じた。さらに湾深く侵入し芋崎浦に錨をおろすと藩の許可も得ぬままに上陸し、兵舎を建設し、ついには対馬藩に借地を要求する始末であった。

「イギリスが対馬占領を企んでいる。ロシアは航海の安全のため日本を守りたいと思う。故に芋崎浦の永久貸与を申請する」

対馬藩の当主は、宗義和《よしなり》である。事件はいち早く江戸表に報告されたが、ヒュースケン殺害事件*への対応に追われる幕府からはなかなか指示が来ない。ロシア側はますます傍若無人に振る舞い、ついに村民と衝突した。村民に死者が出たが、宗家の存続を最重要課題とする対馬藩はひたすらに幕府の指示を待つのみであった。

*ヒュースケン殺害事件…ハリスの通訳官でオランダ人のヒュースケンが攘夷派の浪士に殺害された事件

（二）

小春日和《こはるびより》のなか、馬の蹄《ひづめ》が奏《かな》でる小気味よい音が神田川のせせらぎに溶けてゆくのを背中に感じながら小栗は家路を急いでいた。

すでに城内で対馬藩からの報告書に目を通していた。

（ロシアにとって対馬が戦略上の重要拠点であることは地図を眺めれば一目瞭然である。エゲレス・フランスが対馬を狙っている噂はかねて流れている。故にロシアは焦《あせ》っているのであろう。ロシア艦船の寄港目的が修理だけであろうはずは

なく、対馬の租借ないし実質占領を狙っているのであろう。儂が出て行くことになろうが、厄介な相手じゃ）

神田川の水は澄み両岸を覆う新春の木々の緑が清々《すがすが》しかった。

（メリケンは日本から遠く、またエゲレス・フランスより遅れて海外に進出したこともあり通商による利益追求の道を進んでいるように見受けられる。だがロシアは違う。隣国であり譲れば負け得れば勝ちの関係である。互いに意地と意地の張り合いとなろう）

愛馬を厩舎《きゅうしゃ》に収めた。

（メリケンには遣米使節団の一員として訪れて以来多数の知己《ちき》を得た。その伝手《つて》でメリケンと組んでロシアを対馬から追い出すことは可能であろう。だが我らが離れて間もなくメリケンでは奴隷解放問題を巡って「南北戦争」と呼ばれる戦が始まったという。いかんともしがたい）

当時のアメリカは、産業革命の主舞台となり工業化が進む北部諸州と農業を基盤に奴隷制度継続を主張する南部諸州が鋭く対立していた。遣米使節団が帰国した後の選挙で奴隷制度廃止を掲げる共和党のリンカーンが大統領に選ばれると、南部十一州はアメリカ連合を組成して合衆国からの分離独立を画策し、南北戦争（一八六一〜一八六五）に突入していた。

迎えに出た筆頭用人の塚本真彦が悩める主人に声を掛けた。

「外国奉行にご就任早々、殿もお骨折りにござりますな…」

（三）

小栗が老中安藤信正の命によりロシアとの談判のため目付溝口八十五郎らとともに対馬厳原《いずはら》港に到着したのは、文久元年（一八六二）五月初めであった。翌日には金石《かないし》城で藩主宗義和《よしなり》と対面し、その後家臣らから詳しい経緯《いきさつ》を聴取した。小栗は行動の人である。五月十日には浅茅湾《あそうわん》の芋崎浦に赴《おもむ》いた。

小栗は金石城から浅茅湾への道すがら高台から湾内に浮かぶ島々を眺めて呟《つぶや》いた。これから予想される丁々発止の交渉を前にひとときの感傷に浸りたかったのであろう。

（なんとも見事な眺めじゃ。芭蕉の俳句に出てくる奥州松島の景色よりも、島々が一望できるこの地の景色が優れているのではないか。芭蕉の弟子であり『奥の細道』に随行した曾良は、対馬に来る途中の壱岐島《いきのしま》の勝本で最期を迎えたという。対馬まで辿り着いてこの景色を見たならば、いかなる俳句が浮かんだであろうか）

浅茅湾の複雑に入り込んだ地形に目を奪われていた小栗は、その先にロシア艦船が停泊している姿が見え現実に引き戻された。ポサドニック号は重さ二千数百トン、四百馬力、大砲十二門を擁しており、その威容を恐れたのか湾内に地元の漁船は見えない。ポサドニック号がわがもの顔に振る舞っているが、アメリカ艦船を見慣れた小栗には寧ろ貧弱にさえ見えたのだが…。

一路ポサドニック号に向かい、船内に乗り込むと艦長室に案内された。ビリリョフ艦長は日焼けした浅黒い顔に鍾馗髭《しょうきひげ》をたくわえていた。

「ビリリョフ閣下、お目にかかれて光栄にござる。某は幕府外国奉行の小栗忠順にござる。外事の御用は今後一切幕府が直接お相手し申す。貴国に限らず異国との折衝事に藩侯は関わる立場にあり申さぬ。その段よしなに……」

握手しながらビリリョフが返答した。

「オグリ殿、お待ちしておりました。本官としても帰国後皇帝に報告の義務があります。ポサドニック号を修理させていただきながら対馬藩主にお礼訪問もせずに帰国したならば皇帝に叱られます。見せしめに銃殺刑に処せられるかもしれませぬ」

（ふん、本意ではないことをしゃあしゃあと申すものよ）

「藩主との対面の儀でござるが、ビリリョフ殿がお礼をしたいだけならば、某一身の責任で対処し申そう」

ビリリョフの顔色を見た。

「貴殿らがこの地に寄港されたのは艦船の修理のためと伺っておる。修理は終わったとのことでござれば、測量は中止して早々にご退去願いたい」

ビリリョフの目つきが変わったと感じた小栗は、傍らに控える溝口に小声で入念した。

「奴らはエゲレス・フランスと鮮烈な領地獲得競争を繰り広げておる。ビリリョフ殿はあるいは対馬獲得の命を受けているのやもしれぬ。銃殺刑はともかく軍人としての立場や面子《めんつ》があろう。一方儂《わし》には旗本としての誇りがあり、〝常在戦場〟と心得ておる。そなたも左様に心得よ…」

ビリリョフのほうに振り返ると、小栗は毅然として答えた。

「貴殿の立場はわかるが、対馬藩主とて幕府の許可なくば面会出来ぬのでござる。某が江戸に戻り幕府内の見解を固めてくるゆえ、暫くお待ちいただけまいか」

小栗に武人の誠を感じたビリリョフは、それまでの恫喝的《どうかってき》な態度を改め微笑み交じりに言った。

「オグリ殿、本官はあなたの立派な態度に敬意を表する。あなたを信じて待つことにする。ロシアはアメリカと異なり、幕府のご指示に沿い長崎のみを窓口としてきました。この段もご考慮願いたい…」

玄界灘の荒波に船が揺れた。小栗は憂鬱《ゆううつ》だった。

（ロシアとの外交交渉を対馬藩に任せても埒《らち》があくまい。幕府自らの問題として対処せねば事はならぬ。斯かる要衝の地はやはり幕府直轄領とすべきであろう。

宗殿は、対馬が痩《や》せて開墾に適さぬゆえこの機会に国替えさえ望んでおられるようじゃ。幕閣の説得も難儀じゃ。政事多難な折、議論に持ち込めるかさえわからぬ…）

小栗の要請を受けた対馬藩は一度だけ藩主がビリリョフに面会したのみでその後のロシア側からの面会要請を断り続けた。

江戸に戻った小栗は老中安藤信正に報告し自らの意見を述べた。

「対馬は我が国の喉元《のどもと》に位置します。斯様に枢要な拠点は幕府直轄領にすべきでございましょう。藩主の宗様も国替えには必ずしも嫌なご様子ではございませんな んだ」

老中筆頭安藤は含みのある表情で諭《さと》した。

「愚かなことを申すな。そなたも外国奉行なれば察しがつこうが、諸事困難の度を増すこの時期に国替えなど成し得る筈《はず》もなかろう」

小栗は食い下がった。

「しかしご老中、さようにせねばロシアは対馬に居座り続け、事は長引き、それこそ面倒になるかと思われまする」

「儂《わし》に考えがある。そなたはご苦労であった。しばらくゆるりと致すがよろしかろう」

(四)

安藤は、小栗を対馬に派遣した後、一方で腹案を練っていた。

呼び出されたのは、軍艦操練所教授方頭取を免ぜられ、非常勤の蕃書調所頭取助を命じられていた勝である。

勝は万延元年（一八六〇）五月に咸臨丸艦長としてアメリカから帰朝してのち、幕府内での評判が頗《すこぶ》る悪く海軍とは無縁となっていた。固陋な老中たちは、太平洋を横断した勝の功績を認めるどころか、帰国後の言行を問題視していた。

一つには、勝が浦賀で井伊大老斬殺の報を聞いたとき「これで幕府は持つまい」と叫んだと浦賀奉行所から報告を受けていたことである。更に一つには、老中に帰国の報告をした折、「メリケンで目についたことを詳《つまび》らかに申してみよ」と問われて、「我が国と異なり、かの国で重職の立場にある人は高い見識の裏付けがあります」と封建制の欠陥をついた勝自身の持つ巨大な私憤を述べたためである。

勝は後に蕃書調所で教授手伝の杉亨二《こうじ》に語った。

「メリケンから帰って来て、様々な讒言《ざんげん》を言う者もいて散々な評判を立てられちまったよ。政《まつりごと》に口を挟ませたら危険だということで蕃書調所に回されたのさ」

その勝が安藤から呼び出されたのである。

安藤は対馬からロシアを追い出す手段としてイギリスの手を借りることを考えていた。自ら断じる前に、長崎海軍伝習所時代にカッテンディーケに見込まれ、咸臨丸艦長として渡米経験もある勝の意見を参考にしようとした。

勝は答えた。

「それはいいところに目をつけられました。鎖国という閉ざされた狭い視野でしか世界を捉えられない日本《ひのもと》ではオランダが唯一の西洋の国ですが、世界の情勢は大きく変貌しておりまする。今の世界はエゲレスを中心に回っていると申せましょう」

安藤ならば外国の知識は相応にあろうと計りながら続けた。

「次がフランス、メリケンでござりましょう。ロシアは広い国ですが、冬になると港が凍って孤立してしまいます。故に凍らない港を求めて南下しているのでござります。対馬の事件もその一環と申せましょう。エゲレスは海軍力で他を圧倒していますので頼めば効果は絶大かと思われまする」

安藤は包み隠さずに全てを明かした。

「昨年（一八六〇）八月にエゲレス公使オールコック殿に開港・開市延期を願い出た折、欧州への使節団派遣を要請され申した。来年早々に遣欧使節団を派遣する予定じゃ。そこでオールコック殿に相談するのが得策だと考えた次第じゃ」

勝はイギリスに依頼することの危険性も申し添えた。

「対馬事件において、ロシアが『前門の虎』とするならばエゲレスは『後門の狼』と心得ておくべきです。使い方を間違えればエゲレスの餌食になるのはロシアではなくて日本でござりましょう。使い方さえ間違えなければ、エゲレスの世界戦略を利用するのは得策と申せましょう」

勝の進言に力を得た安藤はオールコックにロシア艦隊を対馬から退去させるよう要請した。

オールコックは丁重に答えた。

「アンドウ様、正直に申し上げて、エゲレスにとって対馬は重要な戦略拠点です。ロシアがちょっかいを出すことに対しては神経を尖らせていました。アンドウ様からの要請を受けたからには、すぐに東洋艦隊司令長官に連絡します。ロシアを対馬から排除することをお約束いたします」

オールコックが要請するとすぐに、イギリス東洋艦隊司令長官ホープは旗艦エンカウンター号で対馬に赴き、ロシア軍艦ポサドニック号艦長ビリリョフにリハチョフ提督宛の警告書を渡した。イギリスの圧力の前にはロシアは屈せざるを得ず、八月に入ると対馬から退去した。

一連の経緯を聞かされた小栗は無力感と不快感に苛《さいな》まれ、辞職願を提出した。外国奉行に就任してわずか七ヵ月にして無役となった。家禄は変わらぬものの役料が入らなくなったため役料を見込んで始めた西洋館建設費用負担が重くのしかかり生計が苦しくなった。しかし、妻の道子は楽しげであった。

「殿さまにはお辛いことかもしれませぬが、わたくしは寧《むし》ろ楽しいくらいでございます。仕事に没頭されていた殿が毎日お側にいてくださるんですもの」

小栗は黙って頷くだけであったが、ことにつけて道子に救われていることを改めて感ぜずにはいられなかった。

そこに側用人の塚本真彦が将棋を所望《しょもう》してきた。彼は人払いを欲する時は常に対局を申し入れることにしている。

「勝様が天守番頭格に加え、講武所砲術師範役にご昇進された模様です。おそらくはこのたびの論功行賞かと思われまする」

「さようか。まずは順当な人事と申さねばなるまい」

小栗は力なく答えた。

「塚本よ…、これで仕舞ではないぞ。まだまだ国難は続く。エゲレス、メリケンなどの西欧諸国に負けぬ軍事力を早く持たねば危うい。清国の二の舞にならぬとも限らぬ。異国に侮《あなど》られぬ国力をつけるためなら儂は一身を擲《なげう》つ覚悟じゃ」

塚本は感激のあまり涙声になった。

「必ずや殿様には出番が回ってまいりましょう。幕府財政を立て直して軍事力増強を図れる方は殿様しかいないと誰もが申しております る」

「おいおい、あまりに儂《わし》を買い被《かぶ》るではないぞ。それより王手じゃ…」

塚本の銀矢倉の囲いを桂馬の成金で崩し、小栗は殊更に無邪気に燥《はしや》いだ。

【公武一和】

(一)

長州藩はこのとき藩主毛利敬親《たかちか》の信任厚い直目付の長井雅楽時庸《うたときつね》に藩政を委ねていた。長州藩士中「智弁第一」との評判高い俊才である長井は、文久元年(一八六二)に『航海遠略策』を藩主に建白した。

「いま国内では横井小楠翁の『破約攘夷論』が優位なるも成せる論に非ず。寧《むし》ろ条約を進んで守り、開国進取の精神で海軍力を強化し、外圧を押し返す力を蓄えるべき時である。いま幕府の権威低下の折、『航海遠略策』は朝廷より発すべきであろう。すなわち朝廷(公)と幕府(武)が一体となりて国難に対処することこそ肝要なり」

長州藩は純粋で悲しく狂おしい。

〝関ヶ原〟以来、幕府から「要警戒大名」とされ、中国地方全土に跨《また》る領土を、防長二国（周防《すおう》国と長門《ながと》国）に押し込められた。

臥薪嘗胆《がしんしょうたん》のためこの藩には奇妙な仕来りがある。

元旦の祝辞のため家臣代表の筆頭老中が藩主に伺いを立てる。

「今年こそ徳川を征伐なされますか」

「いや、今年は控えよう」

二百六十年ずっとそうやってきた。

そんな長州藩にとって〝弾《はじ》き出された政権への復帰〟が現実のものとなるかもしれないのである。敬親は家臣団に宣言した。

「航海遠略策をわが藩の是とする。『公武一和を以《もっ》て内を治め、航海遠略策を以て外を制せん』である。よろしく公武の間を周旋《しゅうせん》すべし」

長井は京に遊説し、さらに江戸に下り、老中首座の安藤や久世に謁見して航海遠略策を説いた。安藤らには飛びつきたい名策であった。

「実にいい策が出たものよ。頑迷な攘夷論者の天皇や過激公卿衆が開国に傾く契機になれば万々歳じゃ」

安藤はすぐに目付浅野伊賀守を京への使者に立てて長井の周旋を支援させた。朝廷も世界を圧倒するという大気焔《だいきえん》に圧倒されてか航海遠略策を支持した。

そこで毛利敬親は将軍の上洛を促《うなが》した。将軍上洛により尊皇の姿勢を公に示すことで長井の周旋を後押しするよう要請したのである。

（二）

公武一和の方策として安藤が企てたのは「将軍と皇女との婚儀」である。〝皇女降嫁〟は桜田門外で倒れた井伊直弼も生前考えていた。井伊は皇女降嫁を朝廷統制の観点から捉えていたが、安藤・久世の頃になると公武一和を目的とするものに変質していた。

京都所司代酒井忠義が調査結果を報告した。

「天皇ご一族を一通り調べましたるところ、該当したる皇女はおふたりにござります。おひとりは孝明天皇のお子であらせられる寿万宮《すまのみや》様、おひとりは妹君であらせられる和宮《かずのみや》様にござります。寿万宮様は未だ一歳になられたばかり、和宮様は十五歳におわします」

酒井は俯《うつむ》き加減に続けた。

「但し、和宮様には六歳の頃より有栖川宮熾仁親王《ありすがわのみやたるひとしんのう》という婚約者がおわします」

酒井の報告を受けて、まず久世が口を開いた。

「和宮様が上様のお相手として相応しいと思われまする」

安藤も同じ考えであったので黙って頷いた。

（孝明天皇のご意向次第じゃな）

幕府側による猛烈な朝廷工作が展開された。莫大な資金も投下された。朝廷側では公武一和を説く公卿の岩倉具視らが動いた。それらが奏功し、当初は頑なに拒んでいた孝明天皇がついに折れた。

「公武一和のため和宮の降嫁を許す。但し、一日も早い攘夷実行を条件とする」

公武一和を優先する幕府はこれを受けた。

このことが、すなわち〝できるはずのない約束〟をしたことが幕府衰退を早める一因となってゆくのである。

公武一和の象徴となった和宮は、文久元年（一八六一）十一月、中山道経由で江戸に到着し江戸城内に新たに拵《こしら》えられた御殿に入った。

孝明天皇より突き付けられた条件に対処するために幕府は苦労を強いられた。

諸外国と約束していた「両港（新潟、兵庫）の開港および両都（江戸、大坂）の開市」の開始延期交渉のため竹内下野守保徳《やすのり》を正使とする遣欧使節団を派遣することになった。使節団は文久元年十二月二十四日にイギリス軍艦オーディン号でヨーロッパに向けて横浜港を出港した。小栗は勘定奉行に加えて町奉行を兼任したところであり、また第一次長州征討の戦費調達に動き回っていたので彼らを見送りできなかった。


町奉行から歩兵奉行に異動した翌年の師走、一行を乗せたフランス艦船帰朝の報告を受けるや小栗は慰労のため品川に赴いた。

副使の松平石見守《いわみのかみ》は、波止場に立つ小栗を見つけると駆け寄ってきた。

「ご多忙中のお出迎え、恐縮至極に存じます」

「ともかくも無事のご帰朝めでたしにござる」

「小栗様たちが遣米使節団として外国との交渉に先鞭をつけていただいていたお

陰で、われらも何とか交渉を済ますことが出来申した」

小栗は頭《かぶり》を振った。

「某《それがし》らはメリケン一国を相手にすればよく、また修好通商条約締結のための粗方《あらかた》の交渉は済んでおった。はじめての異国への使節にて緊張はすれども、儀礼的な訪問と言え申した。それに比べ、貴殿らは開港・開市開始延期交渉という厄介な折衝事を無事に果たされた。しかも、言葉も風習も異なるエゲレス、フランス、オランダ、プロシャ、ロシア、イスパニア、それにポルトガルを相手に…。そのご苦労やいかばかりかと存ずる。ついに延期交渉を諸国に認めさせた貴殿らは、幕府の危難を救った大功労者でござる」

（小栗様はよく時勢を弁《わきま》えておいでだ…）

松平石見守は褒められたこと以上に、小栗の認識の深さに感じ入った。

（三）

毎月一日と十五日は〝朔望《さくぼう》〟といい、諸大名に登城が義務付けられている。

文久二年（一八六二）一月十五日は折からの小春日和に恵まれ、小栗は縁側で陽光を浴びながら道子の膝枕で転寝《うたたね》していた。

そこへ側用人の塚本真彦が血相を変えて飛び込んできた。

「殿…！　一大事にございます。対馬守様が狼藉者に襲われた由にございまする」

小栗は四つん這いに振り返った。

「何い…！　安藤様が襲われたと申すか」

「はっ！　五ツ刻（午前八時）のことにございます」

塚本は荒げたままの息づかいで続けた。

「対馬守様が五ツ刻を告げる太鼓の音を合図に御屋敷を発たれ、坂下門に差しかかられたところに直訴を装い刺客が近づいてきた由にございます。襲撃せしは水戸…」

水戸の名が次の言葉を遮《さえぎ》った。

「なんじゃと…、またしても水戸か…」

「水戸浪士らしき者六、七名が襲ったとのことでござります。対馬守様ご一行も、『天誅《てんちゅう》』と記した檄文を屋敷内に投げ入れられていたこともあり、お供衆も刀をいつでも抜ける体勢で籠を警護されており賊を即座に返り討ちになされましたが、対馬守様は手傷を負われたとのことにございます」

「二年前の井伊大老、このたびは安藤様…」

（斯様な狼藉沙汰が相次げば幕府の威信がぐらついてしまおうに…）

小栗は政局の先行きに対する不安の念を禁じえなかった。


安藤は国際情勢に明るく即断即決が出来る稀有な老中である。対馬事件では小栗と意見を異にしたとはいえ、公武一和問題で多忙のなか安藤なりの手段でロシア艦隊を対馬から追い出した。

しかし、安藤はかねて井伊直弼のもとで難問処理に当たっていたため、自ずと過激浪士の反感を買っていた。軽い怪我で済んだが、井伊に続く幕府要人襲撃事件は政局となり、世論は浪士の暴挙よりも寧ろ安藤を咎《とが》めた。

「幕府老中の要職にあろうものが一介の浪士に襲われて傷を負うとは何事か。そんな幕閣に治安を任せていいものか…」

安藤は迷った。

（政《まつりごと》に携わるものとしては世間を騒がせた以上は身を引くべきであろう。じゃが来月には家茂《いえもち》公が和宮様を正室に迎い入れられる。公武一和が実現するのだ。いま辞める訳には参らぬ）

幕閣両輪のひとり久世広周《ひろちか》は苦渋の決断を迫られた。老中会議の席で言った。

「水戸藩や攘夷過激派をこれ以上刺激せぬためにも安藤殿に退いてもらうしかあるまい」

松平信義が異を唱えた。

「それでは水戸者や攘夷派狼藉者をつけ上がらせるだけではござりませぬか。仮に安藤様にご退任いただくとしても筋道が必要と存じまするが…」

久世は目を閉じた。考えが浮かぶとゆるりと開いた。

「安藤殿には溜間詰に入っていただこう。溜間詰には井伊家や酒井家など譜代名門の格式ある六、七家しか入れぬ。そのことは大名家のものならば存じておろう。決して不名誉な退任ではないと思ってくれよう」

二月に婚儀が終了すると、四月に幕府は〝武士道不覚悟〟を理由に安藤を罷免した。小栗の心は微妙に揺れた。

（安藤様の実利を重んじるなされようは確かに武士道に反する部分も多かった。ただ対馬の一件では安藤様は己《おのれ》の考えでロシアを立ち退かせられたように、思い立たれたことは断固として成し遂げられた…）

小栗は冷静に自らを評した。

（安藤様から見れば儂《わし》は頑固な三河武士と映ったやも知れぬ。いずれにしても〝武士の生き方〟の問題である。百年後に評してもらわねば何とも言えぬ。ただ城中にまだまだ武士道を重んずる方々がおられることは儂にとっては嬉しいことじゃが…）

久世も人事が一段落した六月に老中を辞任し、政権が大幅刷新された。

新しく老中になったのが水野忠精《ただきよ》、板倉勝静《かつきよ》、脇坂安宅《あたか》であり、後に老中格として小笠原長行《ながみち》、老中として井上正直《まさなお》が加わった。水野は出羽山形藩主、板倉は備中松山藩主、脇坂は播磨竜野藩主、小笠原は肥前唐津藩主の世嗣、井上は遠州浜松藩主である。

この幕閣改造の過程で小栗に再び新しい役が回ってきた。文久二年（一八六二）三月に御小姓組番頭に任じられ、同年五月には将軍家茂の軍制改革の要である御軍制御用取調職に任命された。

（四）

小栗は「豊後守」に変えて「上野介」を名乗った。

陸奥白河十万石藩主阿部豊後守正外《まさと》が老中に任じられたため、慣習に従い豊後守を名乗るのを憚《はばか》ったのである。

小栗の知行所は上野《こうずけ》、下野《しもつけ》、上総《かずさ》、下総《しもうさ》の四か所に散らばっていたが、上野国榛名山《はるなさん》の麓《ふもと》に位置する群馬郡権田村《ごんだむら》との親交が特に深かった。遣米使節団に名主の佐藤藤七を同行させ、歩兵奉行に就任すると大井磯十郎、池田伝三郎など権田村の若者を神田駿河台に住まわせ家臣としていた。

ゆえに「上野介」と名乗った。

母の國子は不安げであった。

「何故、斯様《かよう》な縁起の悪い職名を名乗られるのですか。わたくしは『上野介』の名からは吉良上野介様しか思い起こしませぬ。吉良様は忠臣蔵では敵役《かたきやく》として赤穂浪士に討ち取られ、御家は断絶してしまいます。それからというもの『上野介』を名乗られる方は誰一人としておられぬと聞き及んでおりまするが……」

妻の道子も思いは同じである。

「せめて『上野守』となされたら如何でございましょう」

母と妻に責められてはいかに小栗とて敵《かな》わない。

「上野国との縁が深いからというのが理由にございます。某《それがし》はかねて吉良上野介義央《よしなか》様は高家として立派に役目を果たされようとして浅野内匠頭《たくみのかみ》様に逆恨《さかうら》みされたお方であり、品格と武士道を兼ね備えられた立派な殿様と思うておりまする」

自然と弁解調になった。

「それに国名を冠する場合、普通は豊後守や武蔵守など『守』を名乗りまするが、上野、上総、常盤の三国に限り、親王任官の国とされておりますゆえ『守』は名乗れずに『介』とするのが仕来りにございます」

(説明調では暗くなる。団欒《だんらん》調にせねば)

「あの織田信長公は若かりし頃、そうとも知らず『上総守』と名乗られ、物笑いの種になられたそうにござります」

小栗は一通り言い終えた後で思った。

(よもや呼び名が不吉なことを呼び込みはすまいに…)

第三章　確執

【大海軍構想】

（一）

小栗上野介忠順は、いかなる場合でも活路を開く思案を持たずに卒然《そつぜん》と人前に出ることをしない。安政五年（一八五八）第十四代将軍に就任した徳川家茂が開催を命じた海防会議で若年寄小笠原長行《ながみち》からいきなり発せられた問いに対しても、老中たちを前にかねて温めていた構想を粛々と披露した。

「まずもって、兵は国の大事にして、死生の地、存亡の道にござります。それゆえ、道・天・地・将・法の五義より検討せねばなりませぬが、この場にては『地』すなわち地形の有利不利から派生するところを言上いたしまする。

この日本《ひのもと》は四方を海に囲まれております。かつては、海はそれ自体が最大の防御壁にござりましたが、黒船に見られるような造船技術の進歩により航海技術が高まるや、四方から攻め込まれるという点で、むしろ弱点になったとさえ申せましょう。故に海軍の創設こそが最も急がねばならぬ課題だと思うておりまする。某《それがし》思いまするに、この日本の沿岸部を……」

その時、襖《ふすま》が開き御小姓が頭を廊下に伏せたまま事務的に言上した。

「老中会議お開きの時間にござりまする」

老中首座の板倉勝静《かつきよ》が制した。

「本日の会議は半刻猶予する。左様取り計らえ」

「ははっ……」

会議の熱気に押されるかのように御小姓は引き下がった。

「邪魔が入ったの。さっ…続けてくだされ」

小笠原の催促に小栗は応じた。

「この日本の沿岸部を六つに分ける必要があると考えまする。すなわち、東海、東北海、北海、西北海、西海、西南海に分けて、艦隊を配置するのでござります」

「六つの艦隊を編成するのですな」

傍らにいた木村摂津守喜毅《よしたけ》が合いの手を入れた。

「左様にございます。もっとも重要な東海艦隊の基地は江戸湾に置きます。西海基地の大坂も要衝なれば、この二ヵ所は別格扱いといたしまする。

他の地区の基地は、東北海が箱館、北海は能登、西北海は下関、西南海は長崎……とするのでございます。

各艦隊には二千屯《とん》級の軍艦を十隻以上、千屯級の軍艦を三十隻以上、運搬船を十隻以上配置いたしまする。別格の江戸と大坂には更に余分に配置せねばなりませぬ」

老中首座の板倉をはじめ居合わせた老中たちは呆気《あっけ》にとられた。

あまりに壮大な構想であり、にもかかわらず、小栗は実にきめ細かく考え抜いているのである。

「それで、それらをいつまでに完成させるつもりなのじゃ」

小笠原は度肝を抜かれたまま空《くう》に問うた。

「七年…、いや十年と見ておくべきにございましょう。それともうひとつ…」

「なに…まだあると申すか」

「はっ。このたび榎本武揚らをオランダに留学させるに際し、かの国に軍艦建造を委託・発注することと相成りましたが、次からは他国に任せるのではなくわが国にて少なくとも幕府保有艦船の半分くらいは造らねばならぬと考えております」

安藤・久世時代が終焉し、老中首座となった板倉はかねて小栗の才覚を評価しており、絶大な信頼を寄せるに至っていた。

「未曾有《みぞう》の危機を何としても乗り切らねばならぬ。そこもとの思うようにしてみよ。異を唱える手合いは儂《わし》が対処するでな」

小栗は老中らが支援してくれたことに意を強くした。

「忝《かたじけ》のうございます。資金の事もやり繰りいたす所存にございます…」

勘定奉行には公事方《くじかた》と勝手掛がある。関八州つまり関東一円の天領を監視し、裁判事務をつかさどるのが公事方であり、勝手掛は財政・財務をつかさどる。

幕府の役職はおおかた世襲や門閥によって決まるのが常であったが、勘定奉行は家格が高い上に才腕長けた者が任命された。わけても昨今の如く幕府財政が逼迫している折、勝手掛への就任は栄誉であるとともに重責をも担うことになる。

板倉は小栗の意欲を買い、幕閣に根回しをして文久二年（一八六二）六月、勘定奉行勝手掛に引き上げた。

（二）

世相が騒がしい。

長州藩直目付の長井雅楽《うた》は京で『航海遠略策』を説いてまわり、一時は成功するかに見えたが、時勢はもはや公武一和などという生ぬるい芸事を許さない状況にあった。攘夷のみを行動原理とする過激派による長井弾劾運動が猛烈に吹き荒れ、ついに長井は失脚した。

一方、薩摩では安政五年（一八五八）七月、英明と形容された藩主島津斉彬が死去し、甥の忠義（茂久《もちひさ》）が藩主の座を継いだ。斉彬の異母弟であり忠義の親である久光が後見役として実権を握り、斉彬の遺志を受け継いで薩摩藩の実力を背景に中央政界に乗り出した。

藩をあげて勤皇の方向へ舵を切り、誠忠組（尊攘派）に自重して忠勤に励むよう諭し、同派に理解を示す小松帯刀を家老に抜擢し、大久保利通を重用し、また西郷隆盛を流罪地より召喚した。久光が目指したのは公武一和を実現するための幕政の改革であった。

文久二年（一八六二）四月十六日、久光は千余の兵を率いて京に入った。久光の行動により、大名と朝廷の接触を禁じる幕府の禁令が無視され、京の治安維持を所管していた所司代や町奉行が弱体化し、攘夷浪士が横行した。これらの攘夷急進派は久光が挙兵することを期待したが、久光は幕府の政策に不満は持つものの、倒幕へ傾注することはなかった。

しびれを切らした薩摩急進派の首領有馬新七らは、関白九条尚忠《ひさただ》、所司代酒井忠義らを襲撃して攘夷決行の魁《さきがけ》とすべく、四月二十三日に薩摩藩士や諸藩同志が大挙して伏見の寺田屋に結集した。

久光はこの報告を聞くや、有馬と親交のある奈良原喜八郎や大山格之助ら九人の剣客を出向かせて説得させた。鎮撫隊は有馬らの決意が変わらないと感じ取るや、「上意」と大喝して斬り込み大乱闘となった。世にいう「寺田屋事件」である。急進攘夷派を鎮圧した久光は、念願の公武一和を実現すべく、六十二歳の硬骨漢にして勅使に選ばれた公卿の大原重徳《しげとみ》とともに江戸へ下向した。

大原が幕府に示した勅命は、攘夷実行のための将軍の上洛、五大老制の確立、一橋慶喜《よしのぶ》の将軍後見人就任と松平慶永《よしなが》（春嶽《しゅんがく》）の大老就任、の三カ条であった。

勅命を受けた幕府は紛議ののち、七月六日に慶喜を後見役とし、八日に春嶽を政治総裁に就任させた。文久三年（一八六三）三月初旬には、三代将軍家光以来ほぼ二百三十年ぶりに十四代将軍家茂《いえもち》が上洛した。

（三）

大久保越中守忠寛が、この時期に大目付から側御用取次に昇進した。老中と将軍の間で公文書の取次ぎを行なうという権力が伴う役目である。大久保はかねて勝の胆力・実力を認めており、その推薦により勝は軍艦操練所頭取に任命され、さらに閏八月十七日付で軍艦奉行並に昇進した。

その三日後の閏八月二十日、江戸城中で海軍創設についての会議が開催された。上段の間には将軍家茂が座り、老中、若年寄、大目付らの歴々が列座するなか、小栗と勝が末席に並んで座った。

筆頭老中の水野和泉守忠精《ただきよ》が海防策について老中方の総意を将軍家茂に言上した。その内容は軍政改正局において纏めた大綱であり、軍艦三百七十隻余を建造し、東西南北に艦隊を配備するという、小栗の構想に近いものであった。

家茂が下問《かもん》した。

「幕府財政は逼迫しておると聞き及ぶがどれほどの歳月を要するのであるか」

板倉が答えた。

「長くて十年かと思われまする」

側御用取次の大久保が、勝に声をかけさせようと、水野に目配せした。

「勝安房守、軍艦奉行としてのそなたの存念を聞きたい」

一座の目が勝に集中した。

平伏する勝に、大久保が声をかけた。

「安房殿、上様が近う寄れとのご沙汰であるぞ」

勝は座を立ち、家茂の前に進み出た。将軍から御前に進むように沙汰があっても、わが場所を動かずに言上するのが慣例であったが、勝はそのような旧習を省みることをしない。

勝は家茂に正対した。

「謹んで言上奉ります。五百年後ならでは、その全備を整えることは難しいかと愚考仕ります。確かに軍艦三百七十隻余は、十年を出ずして整うでございましょう。しかし、人材・技術が整いませぬ。当今、エゲレス海軍の隆盛を耳に致しまするが、ほとんど三百年の久しき時を経て、ようやく今に至れるものにございます。鎖国体制を敷いてきたわが日本《ひのもと》には、海洋技術の積み上げも知見も残念ながらございませぬ。いかに艦船や人員を多く揃えようとも、人民の学術と技術が、敵を圧伏するに足らざれば、真の防御は成し難しと愚考仕りまする。今は、かくの如き大事業を議するよりは、まず学術の進歩を促し、人材を育てることこそ肝要かと…」

「…五百年、とな」

将軍後見役となったばかりの慶喜は、政治総裁に就任したばかりの春嶽と顔を見合わせた。

板倉や小笠原が小栗案を庇《かば》おうと、膝を一歩進み出た。

しかし、春嶽が先手を取り、上座に向けて言上した。

「いかがでござりましょう、上様。勝の言上通り、この海防計画はいささか無謀かと某にも思われまするが…」

家茂は無言のまま頷いた。

（またしても勝か…。事は急を要するというのに…）

小栗は平伏したまま勝を見上げると、勝も小栗を見つめて不敵な微笑みを浮かべた。

（これで、われらが目指した大海軍構想は潰《つい》えたな…。しかし、一日待てば一日外国勢の影が伸びよう。ともかく造船所の建設は早期に実現せねば、危うい…！）

小栗は俯《うつむ》いたまま拳を握った。

【第一次長州征討】

（一）

早朝の海峡は薄く霧がかかり、海風《うみかぜ》は緑を溶かした磯の香りで下関の港を包み込む。季節の風情を除けばいつもそこにある景色である。しかし政《まつりごと》が加わると激風となる。

文久三年（一八六三）五月十日は、幕府が朝廷に上申した攘夷決行の期限である。

幕府は裏技を考えていた。諸国には攘夷決行に揺れる国内情勢を背景に外交交渉を有利に展開しようとする一方、諸藩には暴発を抑えるよう厳命していた。

しかし長州藩が暴発した。この日、下関沖を通過中のアメリカ商船ペムブローグ号を、二十三日にはフランス艦船キンシャン号を、二十六日にはオランダ艦船メドゥサ号を相次いで砲撃し攘夷を決行したのである。長州藩攘夷派の士気はいやがおうにも滾《たぎ》った。

（異国船与《く》み易《やす》し）

しかし思い上がったのも束の間、江戸湾沖から駆けつけたアメリカ軍艦ワイオミング号、フランス軍艦セミラミス号およびタンクレード号から手痛い報復攻撃を受けた。三隻が間髪入れずに繰り出す激しい砲撃は長州藩砲台を一瞬にして粉砕した。力の差は歴然だった。

それから二ヵ月後、鹿児島も燃えた。イギリス艦隊が薩摩藩と交戦したのである。

薩英戦争は前年八月の生麦事件に端を発する。公武一和推進のため朝廷の勅使大原重徳《しげとみ》を江戸に護衛した薩摩藩主島津久光は、幕府が朝廷の意向を汲んだことを確認すると、大原より一足先に帰途についた。途中神奈川宿の生麦に差し掛かった時である。婦人一人を含むイギリス人四人が馬上から久光一行の行く手を塞《ふさ》いだ。攘夷決行を幕府に説いた久光は、範となるべく供頭の奈良原喜左衛門に斬殺を命じた。リチャードソンが即死、ふたりは大怪我を負ってアメリカ大使館に飛び込み、婦人は髪の毛を切られた。イギリス公使ニールは自重説を唱えて憤慨する自国民を説得し、外交交渉で実利を得ようとした。

ニールによる損害賠償請求の鉾先は幕府に向けられた。戦争を回避するためには賠償に応ずるしか手段のない幕府は、攘夷を朝廷に約束した手前もあり老中格小笠原長行が独断先行する形で十一万ポンドを支払った。

ニールは薩摩にも損害賠償を迫った。薩摩が拒否すると、七月二日にクーパー提督率いる七隻の軍艦を錦江湾《きんこうわん》に派遣した。艦隊から放たれる凄まじい砲撃に鹿児島市街は甚大な被害を被ったが、一方で故島津斉彬《なりあきら》の軍備近代化策を遂行した薩摩軍の反撃にイギリス艦隊も手酷《てひど》い被害を受けた。やがてイギリスと薩摩の講和が成立した。戦争に勝利したイギリスは薩摩の実力を認め、次第に親密な関係を築いていくことになる。

朝廷から〝攘夷実行の功績〟で称えられた薩摩藩は、イギリスとの力の差を見せつけられて従来の藩是《はんぜ》を捨てた。すなわち外国船襲撃・異人斬りといった〝小攘夷〟を捨てて、富国強兵推進により諸外国と対峙する力をつけるべしとする〝大攘夷〟へと転換したのである。

（二）

薩摩藩は京において公武一和派に接近した。

文久三年（一八六三）八月、京都守護職の会津藩主松平容保と組み、尊王攘夷派の長州藩士や三条実美《さねとみ》ら過激公卿を京から追放したのである。世にいう「八月十八日の政変」である。

長州藩は英仏米蘭四カ国による報復攻撃や京での薩摩・会津・桑名連合軍との

戦いで苦境に立った。元治元年（一八六四）七月十九日、雌伏一年にして態勢を立て直し報復攻撃に出たが、またもや連合軍の返り討ちにあい敗走した。いわゆる「禁門の変」（蛤御門の変）である。

長州藩は存亡の危機に立たされた。幕府にしてみれば、長州藩が禁裏に向けて発砲した「禁門の変」は長州藩改易の絶好の口実となりうる。七月二十四日には長州藩追討の勅令が発せられ、第十四代将軍徳川家茂は長州征伐のために在府の西南諸藩に出兵を命じ、自らも出陣した。将軍親征による多大な出費は窮乏状態の幕府財政にはとても耐え切れるものではなかった。

（小栗に頼るしかあるまい）

八月十三日に幕府は小栗を勘定奉行勝手掛に任じた。小栗にとっては三度目の勘定奉行であり、辞任後一年にしての復帰であった。

第一次長州征討では西郷吉之助（隆盛）の活躍が目立った。あらゆる局面で征長軍総督参謀となった西郷が前面に立ち、その意見が時局を左右したのである。

勝は西郷との会談実現のため、弟子となった坂本龍馬を差し向けた。

坂本は西郷に対すると無頓着気に言った。

「勝先生が貴殿にお話があるそうですきに…」

崇拝する故島津斉彬から生前話に聞いた勝という男に興味を抱いていた西郷は、思いがけずに巡ってきた縁に不思議を感じた。

「わかりもした。勝先生にそう伝えてたもんせ…」

坂本は一介の浪人に過ぎぬ自分に申し訳なさそうに話す西郷に呆気《あっけ》にとられた。

話を聞いた勝は興味津々《きょうみしんしん》に尋ねた。

「龍馬よ…、お前さんは西郷という男をどう見た」

「西郷さんは、まるで底の知れぬ太鼓です。小さく叩けば小さく響き、大きく叩けば大きく響く。まっこと得体がしれません」

勝はプッと吹き出した。

「龍馬よ。お前さんは西郷という男を実に上手く捉えている。確かにその通りだ」

中秋の名月が間近に迫った元治元年（一八六四）九月十一日の夜、軍艦奉行勝は西郷と大坂で会った。慶応四年（一八六八）の江戸城明け渡しに先立つ三年半前のことである。

勝に会って西郷は惚れ込んでしまった。「日本国民」に脱皮していた勝は、この時期には神戸で幕府海軍操練所を任されていた。勝のもとには尊皇攘夷派の志士も多数集っており、時局に対する見通しの良さは幕臣の立場から抜きん出ていた。

勝は西郷に自説を披露した。

「今は国内で争う時に非ず。幕府にはもはや天下を治める力が失せており、雄藩の力を頼むべきです。幕府の奸臣らに一撃を加えて局面を打開し、賢侯会議の意見を重んじて事を決するべきと考えおります」

勝は長崎操練所時代に全身で吸収したカッテンディーケの国民思想やアメリカでの体験を思い起こしていた。幕藩体制と身分制度の否定による「国民」の創造と新体制の有り様を探し求めていたのである。

西郷は薩摩にいる大久保利通に勝の印象を認め送った。

「実に驚き入る人物にて候。最初は打ち叩くつもりにてござ候処《ところ》、逆に頭を下げ申し候。どれ丈か智略のあるやら知れぬ塩梅《あんばい》に見受け申し候。まず英雄肌合いの人物にて、佐久間象山より事のでき候儀は、一層も越え候わん」

勝と出会う前の西郷は、薩摩藩の発言力強化が主要事であり、倒幕は考えていなかった。第一次長州征討に幕府軍として参加したのも、薩摩藩に対する一大対抗勢力たる長州藩の弱体化を狙ったものであった。西郷は長州藩が降伏した後、領地の削減と東国移封さえ視野に入れていた。その西郷が勝との会談を境に方針を百八十度転換した。

勝による〝日本〟の発見は西郷らに巨大な知的刺激を与えたのである。そのことは見方を変えれば、〝徳川家ならびに徳川幕府への重大な裏切り〟であり、勝による西郷〝そそのかし〟が幕府崩壊の一因となったといえないこともない。

長州藩は混迷していた。佐幕保守の「俗論派」と尊攘派・倒幕派の「正義派」の対立が先鋭化していた。長州藩には特異な法則がある。俗論派が優勢になると萩が主舞台となり、正義派が藩政を牛耳ると山口が表舞台となる。禁門の変後は俗論派が政権を握り、萩を舞台に責任者を処罰して幕府に服従しようとした。

西郷は長州藩の動揺を利用して〝戦わずして勝つ〟戦略を思いついた。同志の小松帯刀に語った。

「長州藩の内輪はよほど混雑しておりもす。二派に分かれとるこつは、まっこと天の賜物でごわんしょ。今度の暴動の後始末を長州人に任せればこの二派はますます相争うことになりもんしょ。そいがおいどんが考えとる戦法にごわす」

事は西郷の思惑通りに進み、ついには長州藩の降伏声明により幕軍の解兵に持ち込んだ。諸藩主も幕命で出兵したものの必ずしも全面的に幕府に協力する意志はなかった。長州征討が幕府の全面勝利で終われば、再び幕府権力が強大化し自藩に類が及ぶことを恐れ西郷に同調した。

こうして第一次長州征討は征長総督参謀西郷吉之助の意向に沿い、長州藩三家老の切腹、四参謀の斬首、毛利敬親藩主父子の伏罪書提出という比較的緩やかな処分により終結した。すべてを曖昧《あいまい》にしたまま解兵に繋げた手腕は、その風貌と相挨って西郷人気を不動のものとした。

幕権再興による安定を第一に考える小栗はこれを不服とした。

元治二年（一八六五）正月、将軍への新年の挨拶を終えて帰ろうとする老中板倉勝静を見つけると、小栗は半ば強引に中庭に連れ出した。

「薩摩の西郷を信じ過ぎては危険にございます。ここは幕府が毅然とした態度で長州征討の事後処理にあたるべきにございます。まずは家茂公の進発は中止すべきです。次に昨年緩和した参勤交代制を復活させるべきにございます。幕府の権威を高めるのは無論のこと、江戸の街の活気を取り戻す為にも欠かせぬことにて……。その上で、長州藩は改易《かいえき》に処すべきです。藩主は吉川家預けがよろしかろうと……。当然のけじめと申せましょう」

二月に入ると姫路藩主酒井忠績《ただしげ》が大老に任命された。酒井は幕府内部の刷新と朝廷統治を推し進めようとしていた。酒井は溜間詰を通りかかった小栗を呼び止めた。

「小栗殿、貴殿のことは亡き井伊直弼様からよく聞いておった。儂も井伊様のご遺志を引き継いで徳川家復権に全力を傾ける所存じゃてによろしゅう頼んだぞ」

小栗の琴線は〝井伊直弼〟の名に揺れた。

「手前は城内では主戦派などと呼ばれておりまするが、本当は戦は好きではござりませぬ。我が国の将来を考えましたるとき幕府権威の復活と…」

小栗の忠誠心には何の疑念も抱いていない酒井は遮《さえぎ》った。

「左様なことはわかっておる。それ故の相談なのじゃ。実は本荘宗秀《ほんじょうむねひで》および阿部正外《まさと》の二人の老中に幕兵三千名にて京に赴くよう命じたところじゃ」

酒井の本気を感じて小栗は惑溺《わくでき》した。

「幕兵三千名で京に攻め上るのでございますか」

「そこでじゃ。三千名の兵で京を押えたとして、そなたならば如何致すかの？」

思わぬ問いかけにも日頃の学びに怠りない小栗はすぐに対応する。

「仮にそうなれば、某は次の三点を直ちに執り行ないまする。一点目は禁裏守備総督のお役目を解いて一橋慶喜様に江戸に戻っていただきまする。二点目は京都守護職松平容保様と所司代松平定敬様を罷免して譜代大名を就任させまする。三点目にござります。畏れ多きことながら朝廷を幕府管理下に置きまする。京が難しいならば彦根などにお移り遊ばされることもあり得ます。無論そこへは諸藩の出入りを禁じまする」

酒井は手にしていた扇子で膝頭を叩いた。

「実に面白い。そなたは井伊様に聞いていた通りの男じゃの、ハッハッハッ…。鎌倉幕府三代将軍源実朝公亡きあと執権となられた北条義時公による後鳥羽上皇の隠岐流しを見るようじゃ。あるいは、室町幕府生みの親たる足利尊氏公による後醍醐天皇の吉野追放なるか。『承久の変』はたまた『南北朝時代』の再現の様じゃな。実に愉快じゃ」

だが、京の現況は三千名の幕兵で押え込めるほど簡単なものではなかった。本荘らの工作は悉《ことごと》く尊攘派公卿衆によって押し止められた。慶喜の帰還さえままならなかった。

（まことに世の事は甘くはない）

長州藩改易を主張していた小栗にとっては、三家老の切腹などの穏やかな処分で終結した戦後処理は大いに不満であったが、幕府の台所を預かる身としては征長軍の撤退自体は内心有難かった。

（これで夢が実現するやもしれぬ）

〝夢〟とは他国に頼ることなく自前の艦船を建造することである。

（この機会に造船所を造ろう）

小栗は自分の夢にみずみずしい気負《きお》い立ちを覚えた。

【横須賀造船所】

(一)

小栗が沈めば、勝が浮かぶ。勝が転《ころ》べば、小栗が起《た》つ…。

誰言うともなく、幕府内部で戯言《ざれごと》めいた言葉が囁《ささや》かれるようになった。

幕臣としての出自に難ある勝は自ずと反骨精神を内部に有している。

土佐藩脱藩浪人の坂本龍馬を神戸海軍操練所の塾頭にしたり、また西郷隆盛らの薩摩藩士はともかく長州藩士とも交わりがある。それらは〝国民〟に脱皮していない普通の幕臣の間では許せないことである。京都三条木屋町の池田屋で謀議していた長州藩・土佐藩などの尊王攘夷派の志士を新選組が襲撃した事件(池田屋事件)に海軍操練所の訓練生が加担していたことは幕閣を激怒させた。ただ海軍についての知識が豊富な勝を外せば操練所を取り仕切れる人物がいないことに忸怩《じくじ》たる思いを抱いていた。

一方、小栗の〝国民〟感覚は徳川幕府を統治機構の中心に据えるものであり、安祥譜代旗本であることと相挨って多くの幕臣がその周りに集《つど》った。勘定方組頭の小野友五郎もその一人である。咸臨丸での渡米組のひとりであり、小栗の〝大海軍構想〟にも賛同し、このたびの造船所建設計画にも構想の段階から積極的に関わっている。

小栗と栗本や小野らの親仏派の粘り強い働きかけにより、フランス公使ロッシュは幕府全面支援を約束した。ここにフランスからの指導者派遣による海軍力強化の道筋がついた。そこで元治元年（一八六四）十一月に入り、幕府は心置きなく勝を軍艦奉行から退《しりぞ》けた。

ロッシュによる幕府支援の決断の背景にはフランスの国内事情が深く関わっていた。

フランスはイギリスに遅れて産業革命を果たした。イギリスが先行して進出していた東アジア市場にも割り込んでいく必要があったのである。

　かねて東アジアではヨーロッパ諸国の外交官は足並みを揃えて行動する傾向があった。そうしなければ東アジアの国々はすぐに付け入ると考えていたのである。それ故にフランス前公使ベルクーニはイギリス公使オールコックに追随して行動していた。だが、元治元年正月に着任したベルクーニの後任者であるロッシュは、先行者メリットを享受しているイギリスから市場シェアを奪う使命を帯びていた。

　フランスはボナパルティズムの時代を迎えていた。ルイ・ナポレオン・ボナパルト三世の治世下、産業革命が急激に進行していたのである。工業製品が溢れんばかりに生産される一方、資本家・労働者・農民の三者間の対立が激しくなり、ナポレオン・ボナパルト三世は国民の目を海外に向けさせて社会内部の対立解消を図ろうとした。ゆえに外国との通商拡大を喫緊の課題とした。

　ロッシュの日本着任は元治元年（一八六四）三月であり、四カ国連合艦隊の下関攻撃の四ヵ月前である。四カ国連合艦隊の一員として長州藩を叩いたロッシュは、イギリスが薩英戦争終結後において薩長支援に傾く中で幕府支援を一層明確にしていった。それがフランスの国益に合致すると判断したのである。

（二）

小栗の最大の功績といわれる「徳川幕府軍のフランス式改良」「フランスからの指導教官の招聘《しょうへい》」「横須賀造船所の建設」は栗本瀬兵衛（鋤雲《じょうん》）との二人三脚により生まれた。

栗本家は裏猿楽町にあり、駿河台の小栗家とは目と鼻の先である。小栗は文政五年（一八二二）生まれで五歳年上である栗本を、艮斎《ごんさい》塾で席を同じくして以来ずっと兄のように慕っていた。栗本はその後昌平黌を首席で卒業し、生家が幕府医官だったこともあり奥詰医師となった。向上心が強くオランダ船「観光丸」への乗船を試みて医師長に咎《とが》められ、箱館に六年間勤務することになったが、薬園の経営や緬羊の飼育および医学校建設等で成果を上げて昌平黌頭取に復帰し、今般将軍直々に目付に転じるよう命ぜられていた。

その栗本が秋も深まったある日、小栗邸を訪れた。

「まあ瀬兵衛さん、お久し振りですこと」

母の國子は栗本の大きな顔が懐かしくてたまらない風である。

「忠順殿、瀬兵衛さんがお見えになられましたよ」

相変わらず瀬兵衛さんである。

話したくてうずうずしていた道子が口を開けた。

「江戸にお戻りなったとは聞いておりましたが、今は何をなさっているのですか？」

「目付です。医者が目付になってしまいました」

目付は幕臣のエリートコースの一つであったが、栗本は恥ずかしそうに広い額を左手でピシャリと叩いた。

「目付と申されてもいろいろなお仕事がございますのでしょう」

今度は國子が尋ねた。

「はい。今は横浜港に通っており、横浜港開港延期交渉の進展を見守っています。皆様だから申し上げますが、先に通商条約を締結しておきながら今更寄港を認めないなどと言っても、エゲレスはじめ他国が許す訳はありませんよ。信義則に反する行為だと憤《いきどお》っておりまする」

栗本は小栗のほうに振り返り真顔で言った。

「小栗殿、唐突ではございますが、某は日本とフランスは同盟を結ぶべきだと考えておりまする。尊王攘夷派の巣窟《そうくつ》である長州藩は騒がしく乱暴であり、とても国全体を治めきれるとは思いませぬ。やはり平和を伴う治世は徳川家が担わねばなりませぬ。しかし幕府にかつての力がないのであれば、幕府に理解のあるフランスの力を借りねばなりますまい」

栗本は一種の〝つむじ風〟である。いろいろと物議を醸しだす所作が多いが、ついには周囲の人間を協力させてしまう。そういう素晴らしい吸引力を兼ね備えていた。

栗本の大胆な結論は小栗を驚かせた。その意見にというよりも、小栗もそのように考えていたことにである。

「何故にそうお思いですか」

「欧米の列強は力の論理で動いておりまする。合従連衡《がっしょうれんこう》は寧ろ当たり前のことでございます。斯様な中で国益を考えた場合、フランスと誼《よしみ》を結ぶのが上策ではないかと思うておりまする」

栗本は一呼吸置いた。

「個人的にもフランスに魅《ひ》かれまする。箱館奉行の命で日仏交換教授として働いていました折、メルメ・ド・カションという神父が某のお相手でした。カション殿は、仕事以外にもフランスの国内情勢はじめ諸国の様々な情報を教えてくださりました。本年六月に御目付として横浜に赴任したところ、あにはからんやカション殿もロッシュ公使の書記官兼通訳として着任されており申した。お互いの再会を驚き喜び合ったところにござります。カション殿は信じられるお方であり、カション殿の語られるフランスも信じられる国だと確信した次第です」

栗本の話によるとカションはジェスイット派の司祭であり、安政六年（一八五九）にベルクーニ総領事の書記官兼通訳として来日したとのことである。

「栗本殿、実は某も同じ考えにござります。日本にいる諸外国を比べてみ申したところ、オランダは鎖国体制のなかで唯一行き来があったヨーロッパの国ですが、英蘭戦争で敗北して以来かつての勢いは失《う》せておりまする。メリケンは遣米使節団として訪れて以来最も信頼できる国と思うておりまするが、只今南北戦争なるものの真っ只中の由であり頼れませぬ。エゲレスは清国に対する扱いが酷《ひど》いものだと聞き及んでおりまするし、生麦事件の折には幕府と薩摩藩の双方から賠償金を奪い取るなど今一つ信頼できませぬ。ロシアも南下政策一辺倒の虎狼《ころう》のような国だと申せましょう。差引《さしひき》しますと、頼りに出来るのはフランス以外に考えられませぬ」

小栗は光を感じた。

「栗本殿がカションなる方と仲がよろしくていらっしゃるのは好都合にございます。カション殿にロッシュ公使との仲立ちをお願いしとうございます」

「わかり申した。カション殿と仕事をしている折に、ロッシュ公使とも幾度かお話ししたことがございます。万事某にお任せください」

栗本はカションの顔を立ててロッシュとの仲立ちを頼んだ。ロッシュにとっても幕府財政の実態を最も知る小栗と早めに面談できるのは好都合であり、即座に快諾したという。

約束の日にカションに連れられてフランス公使館を訪ねると、秘書が表門まで迎え出て、丁重に応接室に案内した。京間ならば二十畳はあろうかと思われる広い応接室の壁には、西洋近代絵画の祖といわれるフランスロマン派の画家ドラクロアの絵画が据えられていた。

カションはドラクロアについて『民衆を導く自由の女神』を描いた有名な画家であることを説明しつつ、頃合いを見て小栗に言った。

「ムシュー　オグリ、お疲れでしょう。テーブルにおかけになられたら如何…。お茶にしますか、それともコーヒーですか？」

小栗はアメリカ滞在中にコーヒーを飲んだことを思い出した。飲んだ端《はな》は苦いが、すぐに豊かな香りが鼻筋を通り癒された。まして西洋の絵画を鑑賞するにはコーヒーが雰囲気に合う気がした。

「某は清楚な日本画が好きにござりますが、カション殿のご説明を伺いますとドラクロアの油絵も素晴らしくござります。油絵にはコーヒーが似合いそうでござりますな」

その時扉が開き、ロッシュが笑みを浮かべて応接室に入ってくるや半ば強引に小栗に握手を求めてきた。

「ムシュー　オグリ、あなたの噂はムシュー　イタクラから聞いております。あなたにお会いできるのをとても楽しみにしていました」

ロッシュはこの時五十七歳であり頭は禿げかけていたが、立派な鍾馗髭《しょうきひげ》を蓄えていた。

小栗は、紳士然としているロッシュの思わぬ握力の強さに戸惑いながら答えた。

「フランス国の我が国に対するご厚意はかねがね栗本殿から聞いておりまする。是非とも直接お話がしたくて栗本殿とカション殿に仲介の労をお願いした次第にござります。本日は是非とも忌憚《きたん》のないお考えをお聞かせいただければ幸いにござりまする」

ロッシュは一目見て小栗に〝人物〟を感じた。

「私もそのつもりです。まずフランスの優位性を申し上げます。イギリスは工業製品の販売市場拡大のためには、アヘン戦争に見られる如く相手のことを全く省みずに侵略してしまいます。アメリカも同種族の国であり、いずれ同じ振舞いをするでしょう。ロシアは南下政策をとっており、境を接する日本はロシアの侵略さえ覚悟せねばならなくなるかもしれません。それに引き換えフランスは天然資源豊富であり、芸術や科学のみならず軍事上でも正義と平和を愛する国です」

小栗も正直に語った。

「ペルリ艦隊来航以来、我が国の政情は不安定性を増し、幕府の権威は失墜の度を深めておりまする。斯かる折に某は『幕権の復活による日本国の繁栄』を座標軸の中心に据えておりまする。そのためには長州藩を叩き、返す刀で薩摩藩を叩くことが必要にござります。この両藩を叩けば日和見を決め込んでいる他藩も自然と幕府に臣従するは必定にて…」

持論の核心に迫った。

「そうして政の制度を幕藩制から郡県制に変えまする。藩をなくして郡県とした上で幕府が知事を派遣し、等質な日本を築き上げるのでござります」

（本当は幕府単独でそうしたいのだが…）

悔しさを滲《にじ》ませながら続けた。

「さすれば幕府の権威は復活し、各地方も均等に発展し、軍事力の増強が図れ、堂々と諸国に対することが可能となりまする。誠に口惜しい限りではござりますが、今は幕府単独では力が足りませぬ。そこでロッシュ殿、信頼できるフランス国のお力をお借り致しとうござりまする」

「ムシュー　オグリ、素直なお気持ちをお話しいただき嬉しいです。私もムシュー　オグリには隠し立てせぬことを約束します」

こうして小栗はロッシュと個人的な信頼関係を築いた。その上で、大海軍創設と造船所建設構想を打ち明けたのである。

その間、ロッシュは顎の鍾馗髭を軽くなでながら黙って聞いていた。そして小栗の話が終わると手を叩きながら言った。

「ムシュー　オグリ、素晴らしい構想ですね。ヨーロッパの列強で自前の海軍と造船所を持たない国はありません。私は日本国がそれらの国と肩を並べることを期待します」

「ご協力いただけまするのか」

「勿論です。フランス皇帝ナポレオン・ボナパルト三世の名において、全面的な協力をお約束致します」

ロッシュにはそう言い切るだけの権限がフランス政府から与えられていた。

元治元年（一八六四）三月に日本に着任したロッシュは、対日通商外交をリードしているイギリスに対抗して、フランス独自の対日政策を考案・実行していった。五十七歳の老練な政治家ロッシュの対日政策は、幕府支援で貫かれていた。

「造船所の場所は後で探すとして、軍艦建造には優れた専門家が必要であり、建造責任者を探すことが先決です」

十一月十日に幕府は正式にフランスに対して造船所建設責任者の派遣を要請した。ロッシュはフランス東洋艦隊提督ジョーライスに人選を一任した。

ジョーライスが推挙してきたのは若き俊才ヴェルニーである。ヴェルニーはフランス海軍省より中国寧波《にんぽー》に派遣されていた。軍艦建造技術を高く評価され、弱冠二十七歳で領事事務取扱の要職を兼任していた。ロッシュに異論はなく、ジョーライスはヴェルニーに日本招聘《しょうへい》の手紙を送った。

ヴェルニーにしてみてもこの招聘は魅力的なものであった。彼の中国滞在中に、〝造船技術における仏英戦争〟が激化しており、イギリスによる妨害活動に悩まされていたのである。

こうして若き俊才ヴェルニーは、ジョーライスの招聘を快諾したのである。

あとは造船所の建設場所である。

腹案はあった。半年ほど前に構想を打ち明けた段階から小野友五郎が江戸湾内調査を進めており、横須賀を候補地に挙げていたのである。

数日後、小栗は栗本、小野、ロッシュ、ジョーライスとともに江戸湾内を周回して適当な入り江を探し回った。

それから横浜沖で協議することになった。

まず小野が発言した。

「やはり、横須賀にござりましょう。湾内にドックを設《しつら》えて、その先の平地に工場や倉庫などを建てうる絶好の地形にござりまする」

フランス側からジョーライスが感想を述べた。

「横須賀はわがフランスのツーロン港にそっくりです。湾形といい、水深といい、横須賀が最適地だと私も考えます」

小栗も実際に見て同感だった。

「三方の小高い丘が無用の者の出入りを防ぎ、秘密も保たれよう。江戸表を防御するにも格好の場所だといえよう」

こうして造船所の建設場所は横須賀に決定した。

翌年の正月五日、フランソワ・レオン・ヴェルニーを乗せたフランス軍艦が横浜港に入港した。小栗はヴェルニー到着の知らせを受けるとフランス公使館まで馬を飛ばした。

「ムシュー　オグリ、ジョーライス提督からあなたのことは伺っています」

小栗が応じた。

「某も貴殿の有能振りをジョーライス提督から聞いてござる。大いに期待しておりますぞ」

さっそく翌日からヴェルニーは横須賀を視察して測量し、図面の下書きを描き、凡その費用まで計算した。

「見事でござる。して費用はいかほどばかり…」

「材料費や人件費、その他運送費等まで含めた建設費用は四年間で概《おおむ》ね二百四十万ドルほどでしょう」

（ヴェルニー殿に何もかもお任せして大丈夫だ）

小栗は胸を撫《な》でおろした。

（ヴェルニー殿に対してはまずその若さが不安であったが、逆に能力と活力にあふれている。費用は三百万ドルは覚悟していたが思っていたより安い。さらにロッシュ殿は幕府財政に負担のかからない方法を考えているという。これで造船所建設は可能になったも同然である）

当時フランスは蚕《かいこ》の病気が流行し養蚕業が大打撃を受けていた。そこでロッシュは幕府への金融支援の見返りとして、フランスによる生糸の独占輸入とその支払代金の返済資金充当という特別な経済関係の確立を提案した。それは財政が逼迫し貨幣での支払いが困難な幕府と利害関係が一致した。

但し、この案は自由貿易を主張するイギリスの政策と鋭く対立し、その妨害もあり実現しなかった。しかし乍ら、殊更《ことさら》左様に幕府とフランスの関係は濃密さを増していった。

「安心し申した。あとは、ヴェルニー殿、そなたにすべてをお任せ致す。もはや某の出る幕ではなくなり申した」

（三）

「何故にムシュー　オグリの名前がないのですか。彼は造船所建設に最も貢献した人だと思いますが…」

ロッシュは日仏造船所設立約定書に小栗の名前がないのに気づいて外国奉行の水野忠徳に尋ねた。水野は脇にいた小栗に目配りした。

小栗は笑みを浮かべながらロッシュのほうに向き直った。

「某の名前がないのは、某が間もなく軍艦奉行を罷免されるからにございます」

「罷免ですか…」

「左様です。某は徳川幕府の権威強化のために良かれと思い、貴国と組んで横須賀に造船所を建造することにしたのでございまするが、このことを快く思わない人々が海軍関係の中に数多くいるのも事実にございます。特に長崎海軍伝習所で学んだオランダ派と呼ばれる面々が今回の事業計画に強く反対しておりまする。エゲレスも憤慨しておりまする。世界一の海軍国エゲレスを差し置くは何事ぞといった具合でございます。そもそも外交権は朝廷にあるのではと叫ぶ者さえおりますまた諸藩では『小栗が幕府海軍を強化して諸大名を統制しようとしておる』と批判する者さえいる始末にございます」

幕末の政局に〝フランスとイギリスの対立〟が潜《ひそ》んでいたように、同時期の幕府海軍強化には〝フランス派とオランダ派の鋭い対立〟が蠢《うごめ》いていたのである。

神戸海軍操練所が閉鎖され、勝が軍艦奉行を罷免された元治元年十二月に後任として小栗が軍艦奉行に就任すると、勝を慕う連中や長崎海軍操練所で苦楽を共にした連中が憤慨《ふんがい》した。そして噂《うわさ》した。

「小栗の奴が、横須賀造船所建設を進めるために軍艦奉行になりたくて勝先生を追い落としたのであろう。断じて許せぬ…」

もっとも勝自身は日本の防衛のみが関心事であり、幕府でも薩長でも構わないが、両者が相争う隙《すき》に諸外国の餌食《えじき》になることだけを恐れていた。

「それが理由ですか?」

「ロッシュ殿、某は幕府の威信復活に全精力を傾ける所存ですが、政《まつりごと》は〝一寸先は闇〟とも申します。あえて申し上げるとすれば、仮に幕府が滅亡するとしても、日本国のため横須賀造船所だけは熨斗《のし》をつけて『土蔵付き売り家』として新しい政府に渡しても構わぬとさえ思うておりまする」

すでに小栗は〝日本国民〟の目で大きく歴史を捉えていた。

「本来ならば幕臣から賞賛されて然るべきなのに…。オグリさん、あなたは口では幕府のためとおっしゃるが、私が接する機会があった日本人のなかで、あなたほど日本国のことを考えている方を他に知りません。あなたは今の統治機構のなかで幕府のほうが暴力に訴えるような諸藩よりはマシであると言われているだけだと聞こえます。私はオグリさんを誇りに思います…」

ロッシュは感激し、そしてさみしく付け加えた。

「日本でいう〝いけにえ〟とはこのことですか…」

小栗は元治二年（一八六五）二月に勘定奉行も罷免された。

悔いはなかった。勘定奉行として半年、軍艦奉行を兼任してから三ヵ月にもなっていない。だがその間に成したことには十分満足していた。

（ここは辞めるにしかず、そして又一番に返り咲こう）

小栗は残された課題をひとつひとつ数え上げた。

（横須賀造船所の建設は緒についたばかり、幕府財政は立て直さねばならぬ、長州では高杉晋作らの正義派が佐幕保守の俗論派を駆逐したという、薩摩の動きもきな臭い、海軍や陸軍の強化も喫緊の課題である、フランスやエゲレスとの外交交渉も自分抜きでは難しかろう）

小栗は職を去るに際して改めて幕府への忠誠を誓った。

（虎狼のごとく乱暴極まりない薩長なぞに日本国は任せられぬ。徳川幕府を主軸として日本国を郡県制度のもとに各地等しく発展させ、外国にも負けぬ力を蓄えて平和な国を築きたい。そのためならばこの命惜しくはない…）

【第二次長州征討】

（一）

慶応元年（一八六五）五月、小栗は再び勘定奉行に就任した。実に四度目の勘定奉行勝手掛であり、無役期間はわずか三ヵ月のみであった。翌年八月には海軍奉行も兼務した。

（軍資金集めのためであろう…）

小栗は後手後手に回る幕府の対応に不満を抱いていた。

（第一次長州征討の折に長州藩を改易しておけば斯かる費用は要しないものを…。薩摩の、いや西郷の思惑にしてやられ中途半端に戦《いくさ》を終結させたゆえ、長州藩が尊王攘夷派の高杉晋作らの温床になってしもうた。それゆえに第二次長州征討を行なうために幕府軍編成が必要となり多額の出費を覚悟せねばならぬとは…情けない）

幕府は、小栗の存在なくして第二次長州征討も横須賀造船所建設や陸海軍強化も成し得ないのである。

長州藩には地域の色がある。

尊王攘夷を主張する正義派は瀬戸内地域を基盤とし、俗論派は日本海側に本拠を置く。そして経済は政治を左右する。経済の豊かさで勝る瀬戸内地域基盤の正義派は次第に俗論派を圧倒してゆく。慶応元年（一八六五）の内戦では高杉晋作率いる奇兵隊が俗論派を打ち破った。

桂小五郎（後の木戸孝允）は潜伏先の但馬出石《たじまいずし》から長州藩に戻ると次々に藩組織を改革していった。桂はじめ高杉晋作、伊藤俊輔（博文）、井上聞多（馨）、広沢兵助、前原一誠らの松下村塾出身者は次第に藩政を自らのものとしていった。

ついに長州藩は「小攘夷」思想を「大攘夷」思想に転換した。

すなわち下関開港により積極的に西洋近代文明を取り入れて藩力強化を図り、諸外国と対等な立場で対峙することを目標とした。

ここに長州藩の「攘夷思想」は「倒幕思想」に昇華した。

桂は軍隊強化のため村田蔵六（後の大村益次郎）を登用し、村田は西洋式兵制を採り入れた長州軍の改革に取り組んだ。

桂には戦略がある。

「今日の長州も皇国の病を治すためのよき道具と存じ申し候」

皇国の病とは幕府の存在であり、これを否定して統一国家を樹立するために〝藩〟という道具を使おうというのである。桂の意を汲んだ村田は、倒幕実現のため、勝利に向けた戦略と戦術を練りに練った。

薩摩も胎動し始めた。西郷は勝との会談で得た雄藩連合すなわち賢候会議開催実現のために老中会議を揺さぶるべく督促状を提示し、半ば脅しとも受け取れる文章を末尾に入れた。

「……もし賢候会議が実現せねば、断然と割拠の色をあらわし、富国策に出でず候ては相済み申すまじく候らわん」

一方、大老酒井雅楽頭は、譜代大名による老中会議を幕府開闢以来の唯一の最高意思決定機関としてこれを無視した。ここに至り、西郷も「大攘夷」を基本方針に据えて〝倒幕〟へと舵を切った。薩摩と長州の二雄藩はともに幕府を否定したのである。

長州藩と薩摩藩は禁門の変以来ずっと犬猿の仲である。関係修復は当事者同士では無理と誰もが思っていた。この二藩を結びつけたのが土佐脱藩浪人坂本龍馬である。

少しく龍馬のことに触れたい。龍馬は北辰一刀流千葉定吉剣術道場の塾頭であった文久三年（一八六三）正月に、定吉の長男重太郎と勝の屋敷に押しかけたことがある。攘夷派気取りの龍馬は勝の返答次第では勝を殺す気でいた。しかし〝国民〟思想の勝に「もう幕府を中心にして物事を考えるのはやめにしな。〝日本〟を中心に考えな」と諭されると、感激した龍馬はその場で勝に弟子入りした。まさに明るさと行動力の〝土佐のイゴッソー〟である。同年十月には勝が指揮する神戸海軍操練所の塾頭にもなった。その後、長崎で亀山社中（後の海援隊）を設立し、経済面から両藩の結びつきを後押しした。

龍馬の発想は常に海（海運）を起点にしている。第二次長州征討軍が編成されようとしているのに長州藩は戦の備えが出来ていない。英蘭米仏との共同覚書により、異国からの武器輸入を禁じられていたのである。そこで龍馬は、薩摩藩名義でイギリスから武器弾薬を買い付け、長州に海から運び入れたのである。薩摩には不足しがちな兵糧米を長州藩から調達して送り届けた。両藩とも龍馬に感謝した。それやこれやで龍馬の仲介案を受け入れたのである。

慶応二年（一八六六）正月二十一日、京の薩摩藩邸に薩摩側から西郷と小松帯刀、長州側からは桂が会した。薩摩側の強硬な姿勢を見かねて龍馬は言った。

「追い詰められている長州が可哀想ではないか」

龍馬のこの言葉に感情量をその内部に豊富に湛《たた》える西郷が折れ、ついに盟約が成立した。

これより両藩は朝廷を中心とする統一国家の建設を目指すことになる。かつての尊攘派の玉砕・猪突主義とは全く異なる、時局を見据えた倒幕運動へと質的に変化していったのである。

薩長の軍事同盟は秘密裡に進められ、小栗はじめ幕府要人は誰一人として知るよしもない。唯一、龍馬の師匠である勝のみが知りうる立場にあった。

幕府は、第一次長州征討では先鋒役を務めた薩摩藩が、このたびは一向に動こうとしないのを唯々怪しみ疑念を抱くのみであった。


実力の過信は命取りになる危険性を往々にして孕《はら》む。

第一次長州征討後の戦力分析等をせぬままに相手を見下した幕府は第二次長州征討に踏み切った。慶応元年（一八六五）四月、前尾張藩主徳川茂徳《もちなが》を総督に先鋒軍が派遣された。さらに五月には十四代将軍徳川家茂が進発した。神君家康が関ヶ原に進発した時の例に倣って、金扇の馬印を立てて進み、老中以下が随行し、歩・騎・砲の幕兵が前後を護衛する威風堂々の行列であった。

閏五月に入京すると天皇に言上した。

「長州藩が一度は服罪したにも拘らず、激徒が再び暴発し、海外との密貿易により武器弾薬を持ち込むなど、朝廷を蔑《ないがし》ろにしているため懲らしめるものにて候」

幕府は、長州藩の情報収集も行わず、フランスの援助を頼みに二度目の長州征討に動いたのであるが、諸侯の幕府離れに見られるように幕府の武威・威信の低下は陰日向に進んでいた。

ただ、この出陣が家茂の黄泉《よみ》への旅立ちになろうとは、誰一人として知るよしもなかった。

（二）

五月下旬となり紫陽花《あじさい》が梅雨を彩る頃、本氷川坂下の勝屋敷に突然の客が訪れた。玄関先の掃除をしていたお糸が応対した。お糸は二十歳前であり、今が旬の紫陽花に負けない肌艶の女中兼妾《めかけ》である。

当時の旗本・御家人は外泊を禁じられており、一晩でも理由なしの外泊が明らかになればお家断絶となることさえあった。故に正妻（お民）と妾（お糸）が同居することも珍しいことではなかった。閨房《けいぼう》での惑溺感《わくできかん》が勝の活力の源泉でもあり、長崎軍艦操練所勤めの時は、若き未亡人梶《かじ》球磨《くま》と恋仲になり、三男梅太郎を儲けてもいた。

おっとりした性格のお糸が珍しく廊下をかけて勝を呼びに来た。息が荒い。

「殿様、大久保越中守様のご家来衆がお渡ししたき奉書があるそうにございます」

勝が玄関先に出ると、大久保の使者らは突然の訪問を詫《わ》びて奉書を渡し、勝の労《ねぎら》いの言葉も聞かずにそそくさと退散した。

勝は無造作に奉書を開いて目を通すと本妻のお民に言った。

「あした正装で登城しろとさ、準備を頼んだよ」

「あしたでございますか。何用にございますか」

「どうやら切腹ではなさそうだ。またお役が回ってきそうだ。せっかくのんびりできていたのによ」

「旦那様、ようございました。謹慎が長引けば、また昔の貧乏生活に戻るところでございました。もっとも貧乏生活には慣らされましたから、いかほどのこともございませぬが……」


翌日、裃《かみしも》を着用して勝は登城した。

（随分騒がしくなっちまいやがった）

そう感じながら、草履を脱いだ。

「勝安房守様、おあがりーっ」

（これも幕府開闢以来の仕来りの一つであろう。習わしも年を重ねれば風の音に似てくるものよ）

茶坊主の触れ声にそう感じた。

御用部屋で待っていた大久保が勝の顔を見るや相好《そうごう》を崩《くず》した。

「安房殿、大慶じゃ。軍艦奉行に帰り咲いたぞ。そこでじゃ、就任早々相済まぬが大坂表へ急ぎ駆けつけてくれぬか」

「何故大坂に？」

「上様直々の御下知ゆえにわかり申さぬ。ともかく急ぎ大坂に赴き、板倉伊勢守様に会うがよろしかろう」

慶応二年（一八六六）六月十日に江戸を発つことになった。前日の九日、御用部屋で出立の準備をしているところへ小栗が訪れた。予め茶坊主を遣わして面会の約束は取り付けていた。

「これは小栗殿。某《それがし》のもとへ参られるとは本当《ほん》に珍しい。何事かござったのかな」

「出立前の慌《あわただ》しきところへ伺い恐縮にござる。まずは軍艦奉行ご就任おめでとうござる」

「ふん、はたしてめでたいことかどうか…。どうせ厄介なことを頼まれるだけでござろう」

（相変わらず素直ではないな）

そう思いながら続けた。

「実は勝殿、貴殿に某《それがし》らが持つ秘策を告げたくて罷《まか》り越したのでござる。時間《とき》がなきゆえ簡潔に申し上げる。某らは、ここは一旦フランスの力を借りて長州を懲らしめるべきと思うてござる。薩摩も奸臣でござる。長州の後に薩摩を懲らしめれば、諸藩はきっと幕府に改めて忠誠を誓うでござろう」

小栗は一呼吸おいた。

「現状をご覧あれ。幕府は諸藩を支配しているとは申せ、それは言葉を変えれば保護している丈《だけ》のことにござる。薩摩が……しかも久光公の行列が引き起こした生麦での異人斬殺や、長州が暴発して引き起こした異国艦隊への発砲に対する損害賠償金を幕府が負担する等、幕府に従わぬ者どものなしたことに何故に尻拭いのみを幕府がせねばならぬのか。確かに幕府が諸藩を代表する唯一の機関であるとしている手前、それはそれで道理でござろう。じゃが、意思決定を他藩に預けて、結果責任のみを取らされるのは、合点が参らぬところにござる。やはり幕藩体制を廃して郡県制を確立し、幕府の意向が全国津々浦々に等しく行き渡るようにせねば理に合い申さぬ」

小栗は冷静さを欠きつつあることに気付き、声に静みを加えた。

「メリケンを見聞なされた貴殿には容易《たやす》く理解できようが、古《いにしえ》より天子様をいただく我が国に建国後百年にも満たないメリケンの制度を導入するのは無理があり、やはりナポレオン三世治世下のフランスの制度が成り立ち易かろう。フランス公使ロッシュ殿から六百万両の支援を約束されておるゆえ、七隻の軍艦を買求めているところにござる。それゆえ武力でも西南諸藩を圧倒出来申そう」

小栗は自信の裏付けとして勝の目を見た。

「勝殿、どうか威厳をもって薩摩との交渉に当たっていただきとうござる。尚、このことは将軍家と後見役の慶喜様、政治総裁の松平春嶽さまはじめ数名の幕閣しか知らぬゆえ他言はご無用に願いたい」

勝は出自に劣る故に世に出るのが遅れた。その私憤から幕藩体制を批判し、〝日本国〟を見据えて幕府離れを進めている。

勝は小栗の問いかけに返答しなかった。そして心のなかで呟《つぶや》いた。

(儂とて郡県制の必要なことはようわかる。小栗殿の申されることの殆どは腑に落ちる。儂が小栗殿と決定的に異なるのは国に対する考え方である)

勝は心で整理した。

（国家が幕府だとする意見は幕府の『私』である。一方の反幕府勢力の『私』は天皇である。双方が『私』を守らんがために、例えば幕府がフランスの力に頼ったならば、反幕府勢力はエゲレスを頼ろう。そうなれば飢えた狼であるフランスと渇いた虎であるエゲレスは日本国を草刈り場にしよう。それだけは避けねばならぬ）

勝は結論を出した。

（幕府も反幕府勢力も『私』を捨てて『公』に従わねばならぬ。幕府が郡県制を樹立したいと願うのであれば、まず幕府みずから政権を返上すべきである。小栗殿の申される秘策を講ずれば国は乱れて破滅の道へと進もう）

小栗と勝の信じる国の有り方は歩み寄ることをしなかった。

勝が六月十日に江戸を発ち二十三日に大坂城に入ると、早々に板倉勝静に会い下知を確認した。

「大久保殿から聞いたとは思うが、いよいよ二度目の長州征討を行なうことと相成った。そこでじゃ、第一次長州征討では幕府方についた薩摩を、今回も味方につけねばならぬ。会津や桑名は盤石である故、薩摩さえ味方についてくれたら諸藩は雪崩《なだれ》を打って幕府方につくであろう。そなたならば薩摩にも顔がきくゆえ、西郷や大久保らに会えよう。是非とも説き伏せて欲しい」

すでにこの段階で薩摩は幕府を多少見下している。

板倉は数日前に薩摩の大久保を呼び出し、出兵を要請した。薩長盟約を結んでいたので、大久保はわざと聞き違《たが》えた。

「薩摩征討と申さるっどん、薩摩のどげんか罪でそうさるっとでんか」

「さにあらず、長州を再度攻めるのじゃ」

「薩州としては仕方んなか。そん時はお相手仕りもっそ」

勝は生前の島津斉彬の知己を得て以来の付き合いである薩摩人の心の機微を熟知していた。板倉に諭すように言った。

「某《それがし》がかつて見た薩摩の錦江湾の海水は遠く東シナ海に続いておりました。薩摩人は今では己の方が幕府より外国の事情に詳しく、幕府にこの国を担う力がないと考えており、朝廷を中心とした新たな国家を築こうとしているかのように見えまする」

勝は薩長にも知己が多く、その事情に精通している。

「薩摩はこのたびの長州征討には兵を出さぬと決めた風です。斯かる状況で、諸藩がどこまで真剣に幕府に味方するか甚だ疑わしゅうございます。まして薩摩と長州が手を組まぬとも限りませぬ」

板倉が応じきれないでいると、二人の会話を聞いていた将軍家茂が口を開いた。

「そのほうが長州征討に反対していることは聞いておる。だが幕府としては勅命を賜った以上は兵を出さぬ訳には参らぬのだ」

勝は家茂のほうに振り返った。

「上様、某はこのたびの長州征討は徳川幕府を危うきに至らしめるのではないかと危惧しております。何卒、御再考を願わしゅう…」

「すでに幕府軍の先鋒は安芸に陣を敷いておる。すぐに余も三十余藩を率いて出陣する手筈じゃ」

（家茂様とてどうすることも出来ないの段階なのであろう）

勝は将軍の御前を下がり宿所に帰った。

床につこうとしたが寝付けない。

（やはり上様をお諫《いさ》めしなければ、この国が一大事になろう）

勝は命がけで家茂に嘆願しようと大坂城に入った。

（三）

城内の様子が昨日と違う。

板倉が急ぎ足で松の廊下を通り過ぎるところを呼び止めた。板倉は狼狽《ろうばい》した顔つきで声を上ずらせた。

「上様がお倒れあそばされた。奥医師の診断ではもはやお手当てをしても届くまい、と申しておるよし…」

（昨日御目見えいただいた時には、お疲れとはいえ『安芸へ出陣する』と言われていたではないか。脚気衝心《かっけしょうしん》が原因だそうだが、…まさか…お心持の優しい家茂様が出兵を取止めようとして強硬派のものどもが…）

勝はそれ以上の推測を躊躇《ためら》った。

家茂は介抱も空しく慶応二年（一八六六）七月二十日、行年二十一歳の若さで薨去《こうきょ》した。

「徳川にかけそこなった一橋」

将軍後嗣が一橋慶喜に決まると江戸の雀は、更に狂歌を詠んだ。

「二つ箸持つとて喰えぬ世の中に一つ橋でも喰えるなからん」

狂歌は狂歌。当時の諸侯はじめ万人が嘱目《しょくもく》したのは一橋慶喜である。

慶喜には腹心がいた。原市之進である。原は水戸学のリーダー藤田東湖を従兄弟に持ち、もとは生粋の尊攘派であった。そんな原が文久三年（一八六三）に慶喜の側近となり知恵袋の役を務めていた。

原は慶喜に奨めた。

「第二次長州征討という困難な問題の最中に将軍職を引き継ぐのは貧乏くじを引くに等しいと言えます。いずれ将軍職を引き継ぐにしても、困難を乗り切るためには権力の集中を図っておかねばなりませぬ。そのためには、周囲に懇願されて已む無く受諾した形を残すべきにございましょう。決して安易に事を進められますな」

「そなたの申すこともっともである。わが意のままに幕府を改革できるような環境が整ってのち将軍職を受け入れることとする」

将軍職の空白を避けたい幕閣は、慶喜の提示する条件を全て呑みこんだ。人材の登用、賞罰の厳正化、冗費の節約、陸海軍の強化、外交担当者の刷新、貨幣制度の改革等である。

慶応二年（一八六六）十二月五日、ついに慶喜は将軍宣下を受け、第十五代将軍に就任した。

慶喜の最大の関心事は進行中の第二次長州征討であった。

慶喜は原に問うた。

「余は将軍となったからには幕府再興を期す。そのためには武力で長州を征討し、諸侯に幕府の武威を示したいと思う。そちはいかが考えおる…？」

「上様の命に背くものは一部の西国大名を除いていまやござりませぬ。上様がフランス式で調練された歩兵、騎兵、砲兵三隊を率いられ、更に圧倒的な海軍力で馬関（下関）を攻め落とせば長州の勢いは削がれましょう。上様の意のままになされませ」

慶喜は〝大討込〟と称して武力で長州を屈服させると意気揚々であった。

しかし、第二次長州征討には第一次で総督を務めた尾張藩はじめ諸藩から反対の声が上がった。膨大な軍事費による財政圧迫、幕府統制の再強化、民心離反の恐れ、などが背景にあった。

さらにもう一つの大きな要因があった。ある噂が諸藩に流れたのである。

「幕府はフランスから資金を調達して、圧倒的な軍備で諸藩を圧し、幕藩体制を廃して郡県制を導入しようとしている。今の長州の姿は、明日の諸藩の姿である」

勝が小栗から聞いた秘策そのものであった。勝が西郷に漏らしたのであろうか。

その薩摩藩の動きは際立った。

第一次長州征討では幕府側に立って尽力したが、今回は幕府に反対の立場をとった。

「この戦いは幕府の『私』である。私戦に差し向ける兵力は薩摩にはありもさん」

と西郷は幕府の使者に言い放った。

一方、大村益次郎に率いられた長州軍は各方面で反撃に出ていた。

戦局の打開を図るべく将軍慶喜のご進発は八月十二日と決まった。

しかし前日に高杉晋作率いる奇兵隊を主軸とする長州軍によって小倉城が陥落したとの報が入った。小笠原壱岐守が富士山丸で唐津に撤退し、肥後藩以下の諸藩兵も陣払いをしたという。慶喜は小倉口の幕軍と協力して長州勢を挟撃する作戦を立てていた。芸州口から攻め込んでも馬関方面から挟み撃ちできなければ、長州軍を撃破するのは至難の業である。「大討込」を前日になって中止すれば、幕府の面目丸つぶれとなる。そこで朝廷から将軍家茂の死を理由に休戦命令を出させることにした。

慶喜が原に問うた

「余は事ここに至れば休戦已む無しと考える。朝廷から解兵のご沙汰書が出ぬままに事を進めると、長州藩が解兵せぬ場合一大事となる。ご沙汰書が出るまでには時間がかかろうゆえ、誰かに休戦交渉をやらせようと思うが適任者はおらぬか」

原が答えた。

「勝安房守しかございますまい。勝が長州再征に反対していたことは世間に知れており、また薩摩藩ともかねて懇意にしておりまする。某は知識をひけらかす勝は好きにはございませぬが、この場は勝しかおりますまい」

慶喜が相槌を打った。

「余もどうも勝とは性が合わぬ。反幕感情の強い長州人が勝を殺せば厄介払いであり、交渉が拗《こじ》れれば勝の身が立たぬようにするまでじゃ」

勝は八月十六日に会津藩宿所で慶喜に会い、直々に長州藩との休戦交渉に向けた密使の役を命じられた。

長州へ和睦の使者として出向くのは、労多くして功少なき役目である。しかも慶喜は自分を嫌っており、とても後ろ盾になってくれそうもない。

会談の場所は安芸の宮島と決まった。

勝は直ちに宮島に乗り込み、広沢兵助、井上聞多らの長州勢を待った。九月二日、厳島神社境内内にある高野山真言宗の古刹大願寺で会談が行われた。

勝は割り切って硬軟自在の駆け引きを行なった。

（長州側と押し問答しても仕方あるまい。ともかく和睦を承諾させるにしかず）

「まず幕府軍が解兵致そう。そののち貴藩も解兵されよ」

広沢らは強硬である。

「長州藩は幕府軍を打ち破り、京まで駆け上るつもりでござった。しかるに朝廷より将軍の死を理由に休戦の詔《みことのり》が出て已む無く思い止まった次第にござる。そこで幕府軍が大坂から撤退されたのちに長州軍は解兵することと致す」

「それは困る。上様が諸政を御一新なさるためには大坂に滞在なさることが必要でござる。この段お含みおき願いたい」

「いたし方あるまい。但し幕府軍解兵時にこのたびの戦を目論んだ責任者の処罰を行なわれたし」

勝は出来うる限り表情は穏やかにして力強く頷き、言葉だけは曖昧《あいまい》にした。

「処罰の件は、大坂に戻ってのち上様に申しあげる」

こうして停戦合意が成立し、談判は成功裏に終わった。

勝は広島城に戻ると征長総督徳川茂徳《もちなが》および大目付永井尚志《なおむね》に交渉結果を報告すると、その夜広島を離れた。

第二次長州征討の戦況分析を行った西郷は、兵器の優劣を勘案すれば、幕府軍より少ない兵力でも勝てると判断した。

第四章　瓦解

【大政奉還】

（一）

武家社会における上士（山内家）・下士（長曾我部家）の身分制度の存在は、土佐人気質を一層「いごっそう」～頑固で気骨あり～に仕上げた。

後藤象二郎は藩主山内豊信《とよしげ》（容堂《ようどう》）の信頼が殊更に厚い。土佐藩大監察として武市瑞山（半平太）を党首とする土佐勤王党を抑え込んだからであろうか、吉田東洋亡きあと容堂の強力な後ろ盾を得て土佐藩の産業活性化を一手に任されていた。慶応二年（一八六六）には長崎に赴任し、岩崎弥太郎を主任とした土佐商会を設立し、武器弾薬や軍艦の買い付けに奔走した。

後藤は同じ土佐藩出身で亀山社中を創設して外国貿易を行なっていた坂本龍馬の斬新な活動にも注目し、溝渕広之丞の仲介により清風亭で会談すると、過去の因縁を相互に投げ捨てて意気投合した。後藤は坂本の脱藩の罪を免じた上で、土佐藩の外郭団体として海援隊を創設し坂本をその隊長に据えた。

慶応三年（一八六七）六月、上洛中の容堂から京の混乱を収拾すべく急ぎ上洛するよう命令されると、後藤は坂本とともに藩船夕顔丸で長崎を出航し京へ向かった。船上で後藤は龍馬から新国家体制のあるべき基本方針を聞かされ、その構想に魅《み》せられた。その場にいた海援隊士の長岡謙吉により成文化された「船中八策」である。

「天下の政権を朝廷に奉還せしめ、政令よろしく朝廷より出づべき事」

すなわち、天下の政権を朝廷に奉還し、列強と同様の統一国家形態をとり、朝廷が中央政府として議会を設け、憲法を発布し、軍隊を編成する。幕府は消滅し、日本は統一国家として出発するとしたのである。

後藤は「船中八策」を基に練った大政奉還を容堂に提言した。

容堂の顔がみるみる緩《ゆる》んだ。

「でかしたぞ象二郎。これで朝廷も幕府、諸藩も満足させられようぞ……！」

翌日容堂は二条城に出向き、意気軒昂に第十五代将軍徳川慶喜に建白書を提示した。

慶喜は原を呼びにやらせた。

「お呼びにございますか」

「市之進、突然に呼び寄せてすまぬ」

慶喜は笑いを堪《こら》えている様子である。

「これは土佐藩から出された建白書である。余はなかなかに良い内容だと思うておる。そなたもこの建白書をよくよく読んだ上で感想を聞かせてもらいたい」

慶喜は大政奉還したうえで、自ら新政権の首班として才智を発揮できれば、朝廷の権威を纏《まと》った上で、幕府が実権を握れると考えていた。翌日原が参上した。

「この建白書はエゲレスの議会制度を模したものにございます。

第一条に『天下の大政を議する権限は朝廷にあり。すなわちわが皇国の制度法則は一切万機必ず京師の議政所より出づべし』、第二条に『議政所上下を分ち、議事官は上公卿より下陪臣庶民に至るまで正明純良の士を選挙すべし』とあり、建白書の主旨が述べられておりまする」

原は満足げに続けた。

「上下両院制は幕府にとっても好都合にございましょう。すなわち、上院に公卿・諸大名、下院に諸藩士を選挙し、公論により事を行なえば王政復古の実を上げることができ、尊王論を呑《の》みこむこともできまする。上様さえ『名を捨てて実を取る』お覚悟ならば利用価値はあると申せましょう」

慶喜は頷いた。

「この建白書の主旨通りに事が運べば、大政奉還により徳川幕府の権力が揺るぎなきものとなろう。議政所が幕府にかわり政《まつりごと》を司《つかさど》ることになるのであり、余がその首長になりさえすれば実態は今と然程《さほど》変わらぬ。天皇には議政所で議決された法律を認可して頂ければよいだけのことじゃ。すなわち権威が向こうから勝手についてくる仕組みが出来たと言えまいか」

慶喜は将来に光明が刺したかのように清々《すがすが》しい気持ちになった。

（後のことは万事市之進が取り計らってくれよう）

その腹心の原が慶応三年（一八六七）八月十四日に、その功績を妬《ねた》む同僚の鈴木豊次郎と依田雄太郎によって自邸で殺害された。行年三十八歳であった。

慶喜は最も頼りにしていた右腕の原を捥《も》がれ、〝爪亡き鷹、角なき牛〟となってしまった。これより慶喜は、政策にも一貫性を欠くようになり〝二心殿〟と呼ばれるようになってゆく。

（二）

慶喜による大政奉還の報に接した幕臣の心は揺れた。

大政奉還したとて天下を治められるのは幕府のみであり「名を捨てて実を取る」だけのことだと考える楽観論者、薩長の圧迫に屈したとして激昂する者、いよいよ西南諸藩と一戦を交える時が来たといきり立つ者、それぞれが入り乱れた。

福地源一郎がいつになく畏まった様子で小栗の部屋を訪れた。

福地は儒医の家に生まれたが、オランダ語ついで英語を修め、その通弁の才を買われて幕臣となった。文久元年（一八六一）の遣欧使節団に通詞として加わり、現在は御目見え格の外国奉行支配調役兼通詞御用頭取に抜擢されている。部署は異なるが小栗への敬意の念深く、しきりと出入りしている。

「このたびの上様のご決断には心底驚きました。将軍家が大政を政《まつりごと》に不慣れな朝廷に奉還されれば世は乱れに乱れるでしょう。この上は、上様みずから公卿・諸侯会議を設けられてその首長となられるべきにござります。さすれば上様には絶対的な権威が加わり、大政奉還後寧ろご政道が安定するやもしれませぬ。板倉様に諸策を具申いたすべく某を京に派遣して頂けませぬか」

小栗は斯様な穏便な措置を薩長が受け入れるはずがないと踏んでいる。

「貴公のご意見は妙計なるも今や遅きに失した感があり進言は控えるべきであろう。第一に上様がいかに思召しておられるのか計り難く、第二に上様の周りに敢然とやり抜く度量のある者が見当たらぬ。なまじっか未知の世界に踏み込めば、権謀術数に長ける薩長勢にいいように振り回されるのみであろう」

（幕府再興のためには一戦交えるほかあるまい）

小栗の肚は固まっている。

勝は薩長に媚《こ》びる必要はないが、決して戦端を開いてはならぬとの思いが強い。

（公武一和が出現すれば、上様が首長となられ、議会を通じて幕府の意向を実現させていくだけのことではないか。『敵をただ　打つと思うな　身を守れ　自ずから洩る　賤《しず》が家《や》の月』という剣術の心境でいることだ。決してこちらから手を出さずに相手の出方を見守り、相手が穏やかに振る舞えばそれでよいが、相手が無理無体に乱暴を働ければ大義名分はこちらにある。堂々と一戦交えればよい。その時は諸藩も幕府側とともにあろう）

だが幕臣に勝の意見は届かない。薩長憎しで凝り固まっている幕臣にとっては、一旦戦端が開かれれば勝は血祭りにあげられる存在と化している。

【王政復古（小御所会議）】

（一）

京はどんよりとした曇り空である。

（何かが起きる）

と誰もが思った。

薩摩藩主島津忠義に率いられた薩摩兵が続々と京に入り、屯所とした相国寺には四千人が駐屯したのである。長州勢二千五百、芸州兵三百も自藩を発ち京に向かった。

武力を前にして公武一和を唱えていた公卿衆は弱腰になり、摂政に進言して反幕勢力に恩赦を与えることにした。毛利敬親《たかちか》父子と三末家を赦免し、大宰府に流された三条実美ら五卿の入洛を許し、岩倉具視の蟄居も解いた。

慶応三年（一八六七）十二月九日、京の都は早朝から騒然となった。薩摩、土佐、芸州らの諸藩と倒幕派公卿らが御所に集結し、総数三千の兵で御所の九門をすべて閉鎖したのである。会津、桑名らの反対派の藩を完全に排除した上で、「王政復古の大号令」が発せられた。

これまでの「摂政」「関白」などの官職や将軍職、京都守護職などの幕府制が廃せられ、新たに「総裁」「議定」「参与」の三職が設けられた。

西郷や大久保、そして岩倉らは、幕藩制廃止の段階を経ねば歴史のこれ以上の進歩、すなわち封建制の廃止と日本国民の民族的結集、欧米の半植民地的立場からの脱却等を勝ち得ないと考えたのである。

勝はそれらの動きを榎本武揚からの手紙で知った。

「友人に聞く。京師にて毛利父子御免、職掌元の如く、三条殿はじめ復職のこと仰せ出され、会津、桑名は、願によって御役御免あり。宮闕《きゅうけつ》九門は、越前、芸州、薩摩、土州、備前家の人数、戎装白刃《じゅうそうはくじん》をもって固む。すこぶる殺気あり。両伝奏、摂政殿もその職を放てりと。わが君上も将軍の御職、御辞退ありしという。ああ、天下の安危、近日に迫れり。今日に至って、また小危機を避けるに処あらん。この夜、一書を記して、閣老稲葉公へ呈す」

（二）

翌十日の朝、決議は奏上され嘉納《かのう》された。

決議の内容で際立った点は徳川家への対応である。将軍の官位は一等を辞退し、領地は四百万石を二百万石に減封するという、徳川家の存続を否定するに等しい内容であった。幕府の親藩である尾張と越前の二侯が朝廷側の使者となり、慶喜に辞官・納地を自発的に内願するよう説得した。この時点では、西郷や大久保も武力で辞官・納地を強制することは出来ないと思っていたのである。

佐幕派は憤《いきどお》った。京では、幕臣、新選組、会津、桑名、紀州、津、大垣らの諸藩が陣取っている。彼らは直ちに兵を率いて薩摩屋敷を焼き払い、禁裏を押え、大坂城を拠点に反幕勢力を一掃せしめんと息巻いている。

一方、江戸では十月十七日に老中以下の有志が登城し大評定が開催された。

小栗は興奮の坩堝《るつぼ》と化した中で、冷静に凛と張りのある声で言った。

「幕府は今後次の二策のもとに動きたい。第一策は、幕軍をこぞって上京させ、薩長土芸と開戦して京から追放する。第二策は、王政復古の空論を建白したままにして、関東鎮撫の名目で将軍を江戸に戻す。いかがでござろうや」

「異議な〜し……！」

との声がこだまし、小栗の策は皆に支持された。

慶喜は二条城で苦しみもがいていた。

（辞官はともかく、納地の命令は徳川家第十五代当主として断じて受ける訳には参らぬ。幕府の石高は四百万石といわれるが、実際のところは二百万石を僅かに超えるほどである。それを献上すれば徳川家は成り立たぬ。諸藩による現状の石高に応じた献上とすべきであり、そうであれば応じぬ訳には参らぬが、徳川家の領地のみを大幅に減らすのは甚だ平衡を欠いておるというべきである）

慶喜は外に視線を逸《そ》らした。二条城の庭の紅葉《もみじ》が色鮮やかである。

（それならば薩摩と一戦を交えるか。幕府直属部隊五千余、会津兵三千余、桑名兵千五百余、その他を含めると一万に近い大軍である。よもや薩長らの僅かばかりの在京兵に負けることはあるまいが、一瞬でも明白な朝敵となれば、尾張、越前、土佐の諸侯らによる成功間近の調停が水泡に帰すであろう。かといって何事もなさねば刻々憤激の度を昂じる諸藩の兵を鎮《しず》めることは困難となろう）

大坂城に詰めている老中板倉勝静は京坂の緊迫した情勢を江戸に送った。

「京坂にいる幕臣や会津藩兵らは御家存亡の危機と一途に思い込んでいる。今日の事態に至ったのは、薩摩藩の奸計によるものであり憎むべき極みであると思い詰め、憤怒《ふんぬ》はひとかたならぬ有り様《あよう》である。会津、桑名の二藩は言うに及ばず、幕府軍、新選組その他いずれも薩摩をはじめとする奸藩を抹殺する覚悟を決めて命令あらば即出兵すると意気込んでいる次第なり」

十二日の午後に至り、慶喜は松平春嶽や徳川慶勝の勧めもあり暴発を避けるべく一旦大坂城に退くこととした。撤退を阻止しようとする会津藩兵らを慶喜は諭《さと》した。

「今ここで下坂しても、遅かれ早かれ必ず薩長らの罪を問う。余には深謀《しんぼう》がある。お前たちは心配せずともよい」

慶喜は大坂城に到着するや幕府の立場を好転させるべく活発に動いた。

まず十四日にフランス公使ロッシュを引見した。ロッシュが登城したことを知ったイギリス公使パークスは翌日の約束を強引に変更して直ちに登城して謁見した。パークスもこの段階では、大政を奉還し将軍を辞任したと雖《いえど》も、主権は徳川家・徳川幕府にあるとの認識であり、ロッシュに後れを取るわけにはいかなかったのである。彼らは、外国との交渉すらできない公卿や薩摩藩らが政権を運営するのは無理だと思っていたのである。

こうして慶喜は十六日には、将軍の格式を以てフランス、イギリス、アメリカ、イタリア、オランダ、プロイセン（ドイツ）の六カ国公使に謁見を許した。

ロッシュが一同を代表して質問した。

「今後われわれは日本の政体が変更することがあっても干渉はしない。局外傍観するが、われわれはいずれを政府としてお相手すればよいのかお示しいただきたい」

外交は時に詐欺漢の才能をも必要とされるものであるが、慶喜はその技量では他の誰よりも優れていた。

「外交一切のことは、余が責任をもって処理する。外交に支障が生じないように運営するのは、余の任務であることを承知している」

慶喜は無論心中では京都政府を否定していた。

慶喜が列国公使を前にした所信表明は、たちまち薩摩側に伝わった。大久保は岩倉に書状を送り、もはや幕府を武力によって滅ぼすしか手段はないと説いた。

京において薩摩藩は孤立している。諸藩は表面では薩摩藩に協力する姿勢を示しているが、内実は敵意すら抱いていた。朝廷と幕府の仲介役である越前、尾張の両藩はすでに幕府を擁護する姿勢を明らかにし、土佐藩は容堂が後藤象二郎に慶喜擁護を命じている。公卿衆では、ひとり岩倉のみが頑強に幕府の辞官・納地を叫んでいた。

二十四日、容堂、春嶽らは新政府の経費をひとり徳川家のみに負担させるのではなく、列藩にも等しく課すべきであると朝廷に奏上した。

「徳川家のみに納地を強要し、列藩に課するところがないのは不公平である。すみやかに天下の公儀を以て、貢献の手段を考え直すべきであろう」

斯様《かよう》に徳川家のみの納地は実現されない状況となった。大久保らはあくまで徳川家による納地を主張したが、この日から議事規則が定められ、大久保は意見の場を奪われてしまい、容堂、春嶽らの全面的な勝利となった。こうして九日の小御所会議の決定は完全に骨抜きにされた。慶喜の喜びようは尋常ではなく、容堂、春嶽らも得意の絶頂にあった。

あとは慶喜が御所に参内し、辞官の命令を正式に受諾し、かつ石高に応じて全国諸藩に割り当てられる朝廷経費を差しだしたいと願い出て、朝廷はその願いを受け入れると同時に慶喜を議定に任命する。かくて朝幕間の全面的な和解が成立し、公儀政体の名のもとに天皇を名目的な最高君主とし、その下で慶喜が実権を握るだけであった。岩倉もこの段階では薩長による武力倒幕には反対し、慶喜が奏上すればただちに議定に任ずるつもりであった。

あと二、三日、大坂方が自重すれば、すべては容堂や春嶽そして何より慶喜の希望通りになるはずであった。

【西郷の大謀略】

（一）

まさにその時状況を一変する出来事が起こった。青天の霹靂《へきれき》である。

同月（十二月）二十五日早朝、江戸市中警備中の庄内藩を先陣に幕府軍が、三田の薩摩屋敷を砲撃するという大事件が勃発したのである。

その急報が大坂城に達したのが二十八日であり、慶喜が朝廷への請負書を認《したた》めている時であった。大坂城中一万の兵はことごとく激昂して、「薩摩討つべし」

の大声が飛び交った。

江戸薩摩藩邸砲撃事件は京都の薩摩藩邸にも届いた。

報告を聞いた西郷はひとり何度も頷いた。そして大声で独《ひと》り言《ご》ちた。

「わがこと成れり！」


これより二ヵ月ほど前の十月、慶喜の大政奉還という奇策により幕軍攻撃の口実を失った西郷は、ただちに益満休之助と伊牟田尚平に秘計を授けて江戸に赴《おもむ》かせた。江戸で浪士や無頼漢を集めて、江戸市中や関八州で治安を乱し騒乱状態を作り出させたのである。それには一石三鳥の狙いがあった。

ひとつには、幕軍を江戸内外に釘付けにして京坂への増軍派遣を阻止するため。ひとつには、幕府の力がもはや衰弱しきっていることを諸藩や江戸内外の民衆に強く印象付けるため。ひとつには、幕府が薩摩藩屋敷を攻撃せざるを得ないように仕向けて戦《いくさ》に持ち込むためである。

『孫子』にいう「上兵は謀を伐《う》つ」のが、西郷の最も得意とするところであった。

薩摩屋敷に囲っている浪人や無頼漢らは江戸市中を横行し、徒党を組んで富豪の家を襲う有様《ありさま》である。三田の薩摩藩邸には五百余人の浪人がいるといわれた。薩摩藩は騒乱が起きた時には天璋院（篤姫）を救済する名目で幕府に浪人徴募を願い出て許されていたので、公然と浪人を集めることができたのである。浪人の多くは水戸天狗党はじめ尊攘派の過激派の残党であったが、中には食うに困っている素性の知れない者も多数いた。彼らは勝手に薩摩藩邸に出入りし、市中を徘徊し、富豪屋敷に侵入して金品を略奪したりする等、無法な行為を抑えられない官吏を横目に傍若無人《ぼうじゃくぶじん》を繰り返した。

関東各地の攪乱《かくらん》も図った。下野、武蔵、相模、上総、下総、常陸の各地に、「勤皇」「倒幕」を掲げて蜂起し、放火、略奪を繰り返した。

騒乱が薩摩藩と関係があるのか、関係は無くても倒幕の政治目的を含んだものか、あるいは幕府の権威低下に乗じた単なる群盗の類か、真相明らかにならぬまま幕府・諸藩は兵力を釘付けにされた。

不安が噂をよんだ。

「薩摩屋敷の浪人らが大風に乗じて江戸市中に火を放とうとしており、静寛院宮様や天璋院様らを奪い取る企てがあるそうな…」

まさに大名が泡を食い、侍が騒ぎ立て、飛脚が飛び、犬までが吠え立てる有様であった。同月二十三日朝七つ半（午前五時）過ぎ、江戸城二の丸大奥広敷長局あたりより火が出た。天璋院や本寿院（第十三代家定の母）は一旦三の丸へ立ち退き、そこから吹上御苑、瀧見御茶屋へと退去した。

（三）

老中会議が開かれ、二の丸に放火したのは薩摩屋敷に潜伏する浪人の行なったものであると断定され、彼らの捕縛の準備が始まった。幕府歩兵が出動して新橋・喰違橋・水道橋・昌平橋・和泉橋・下谷新橋を守備し、諸大名が永代橋・大橋・両国橋・吾妻橋・一石橋・日本橋・江戸橋などを守衛した。幕府は譜代大名に布令を発して、取締強化を命じた。

小栗は、京坂の地において幕府と薩長との衝突は避けられないとみていたので薩摩藩には強硬姿勢で臨むべしと考えていた。榎本武揚らの陸海軍士官からも薩摩藩邸砲撃を促された小栗は、老中に薩摩藩邸内の藩士・浪人の総検挙を誓願した。

老中らは流石《さすが》にすぐには返答できずに、町奉行の意見を聞くことにした。

江戸町奉行並の朝比奈甲斐守が意見を述べた。

「この盗賊を捕縛するために、薩摩藩邸留守居役に掛け合い、罪人を差し出させるべきである。出さぬ時は相応の措置を取る必要はあるが、上様の御意向が判明するまでは砲撃は控えるべきである。寛容にして事を誤る方が、猛にして事を誤るのに比べたらはるかに実害は少なかろう」

老中らは、甲斐守の建議を受け入れて、小栗らに伝えた。

小栗は猛然と反対した。

「薩邸砲撃は盗賊捕縛のためだけではござらぬ。関東で挙兵して、京坂在の老中らの惰眠を覚ますためのものなり。ここは関東にて戦端を開くにしかず」

江戸府内取締の庄内藩主酒井左衛門尉《さえもんのじょう》は、三田にある庄内藩巡邏《じゅんら》屯所が三十余名の賊徒に襲われて多数の怪我人が出るにおよび、小栗らの主張に傾き、老中に申し入れた。

「薩邸を攻撃せぬのであれば、市中巡邏《じゅんら》の効があがらず。砲撃許されねば庄内藩は市中取締の役を辞退したい」

幕閣もここに至り砲撃論に一決し、薩摩藩邸砲撃は十二月二十四日夜と決まった。

薩邸内に潜《ひそ》む盗賊を捕えるのが主目的ではない。薩長征討の緒戦と心得て薩邸を砲撃するのである。薩邸内の浪人らの乱暴狼藉は酷《ひど》く、江戸市中や諸方面の理解は十分に得られると踏んでの上であった。

薩邸砲撃は何の前触れなしに突然始まったのでたちまちに大火事となったが、薩摩側は幕軍の砲撃を想定していたので、浪人らは足跡を隠して遁走した。

【鳥羽・伏見の戦い】

(一)

慶応三年(一八六七)十二月二十五日に起こった薩摩藩江戸屋敷焼き討ちの報は、海路を経て二十八日に大坂に届いた。

飛報を受けた大坂城中は、幕臣、会津、桑名などの将兵らが感激に沸騰した。

幕閣も、慶喜の意向を確認することなく開始された戦端に戸惑いを感じながらも、将兵の戦闘熱が冷《さ》ませることが出来るものではないことを悟った。

慶喜は、このところの激務と達成感で心地よい気怠《けだる》さを感じつつ、昼過ぎまで床に就いていた。板倉から薩摩藩邸焼き討ちの報を受けた時にも、はじめは己の政治力で何とでも収められると高《たか》を括《くく》っていた。それほどに、この時期の慶喜の立場は好転していた。

身内の将兵の激昂ぶりを肌で感じた板倉は、翌慶応四年（一八六八）元日に再度慶喜に申し入れた。

「将士の激昂ぶりはただならず。この上は兵を率いて上洛なさるしか収拾できぬようにも見受けられまする」

己の才覚以外に幕府を救える手立てはないと自信を深めていた慶喜は、『孫子』の一節を引用して動揺する板倉に問うた。

「彼を知り、己を知れば百戦危うからずという。今日でも通用する格言である。試しに問おう。城内にいる幕閣、旗本、諸藩のなかに西郷・大久保に匹敵する人物はあるか」

　板倉は一考後答えた。

「おりませぬ。実戦においては劣りまする」

「小松帯刀ならばどうか」

「……」

　板倉は口籠った。

　慶喜は更に、村田新八以下、薩摩藩の名のある人物の名前をあげ、拮抗しうる人物の名を求めたが、板倉は一人の名も上げることが出来なかった。

　慶喜は懐刀の原市之進をすでに亡くしており、幕臣のうちに西郷や大久保に対抗しうる人物はいないと思っていた。慶喜は念を押した。

「その通りである。味方にこれという人物がおらぬ以上、薩摩と開戦しても必勝は期せぬ。それどころか負けて朝敵の汚名を被るだけである。開戦はあいならぬ」

　慶喜は己に忠実な家臣のみを京坂に連れて来ていた。西郷や大久保に匹敵する人物はむしろ江戸にいた。幕府権力再興を誓い幕軍強化を着々と進める小栗や、立場は異なるものの幕府・朝廷といった既存の枠組みから超然《ちょうぜん》としている勝など、知力・胆力を兼ね備え、西郷や大久保と堂々と伍することのできる人物は江戸にいたのである。かれらを退けたうえでの慶喜の人物評は、最高指揮官の器のものではなかった。


板倉は項垂《うなだ》れながらも、悲痛に叫んだ。

「将士は激昂いたしておりまする。上様がかれらの願いを聞き入れられませんと脱走する者さえ出《いず》るでしょう」

慶喜は理においては天下随一なれども、三軍を叱咤《しった》する英雄の資質には欠けており、麾下《きか》将兵の激発さえ押さえる声威《せいい》を持ち合わせていなかった。

ついに慶喜は自軍の指揮権維持のために薩長討滅を決意した。いわば戦術のために戦略を変えてしまったのである。

慶喜は、事ここに至れば幕府軍の勝利を期し、大目付瀧川播磨守に命じて朝廷に薩賊誅戮《ちゅうりく》の上奏文を届けさせた。そして外国公使に通告して幕軍に上洛の準備を命じた。鳥羽伏見の戦いの始まりである。

「討薩表」と呼ばれる上奏文には憎しみが漂う。

「臣慶喜が、謹んで去月九日（慶応三年十二月九日）以来のいろいろの出来事を考え合わせれば、いちいち朝廷の御真意ではなく、まったく松平修理太夫（島津忠義）の奸臣どもの陰謀より出たことであるのは、天下周知の処であります。ことに江戸、長崎、野州、相州の諸所で乱暴をはたらき、強盗をはたらいた者ども同家の家来どもの指図により、東西呼応して皇国に乱をおこさんとした所業は、別紙のとおりで天人ともに許さぬところであります。前文に申しあげた奸臣どもをお引渡し下さるよう、ご指示願いあげます。万一、御採用がないときは、やむをえず誅戮《ちゅうりく》を加えます。この段謹んで奏聞《そうもん》いたします」

奸臣どもとは、西郷、大久保らを指す。添付された別紙には彼らの罪状が恨みを込めて列挙されていた。外交の文書は、たとえ憎さ百倍であっても、さりげなく無表情に書くべきものであるが、慶喜のそれは直情が踊り過ぎていた。

明くる慶応四年（一八六八）正月二日、幕府軍は本営を淀城におき、鳥羽街道、伏見街道の両道に分かれて京へ進軍した。しかし、双方ともに薩摩軍が行く手を阻《はば》んだ。

申の下刻（午後五時）頃、鳥羽街道に陣取る薩摩軍から一発の砲撃音が轟《とどろ》いた。これを合図に薩摩軍の一斉砲撃が始まった。緻密《ちみつ》な下調べをして攻撃の型を整えていた薩摩軍に対して、感情の昂《たか》ぶるままに直進してきた幕府軍はなす術《すべ》もなく潰走した。

第二次長州征討で幕府軍の実力を見定めた西郷は嬉しさを噛み殺したが声に出た。

「鳥羽一発の砲声は百万の味方ば得たこつよりもうれしかー！」

江戸で留守居する小栗のもとに次々と報告が齎《もたら》された。

小栗は戦局の全容を整理した。

（緒戦において、幕府軍は方々の草むらから放たれる薩摩軍の砲撃を前に撤退を余儀なくされた。軍列を立て直すと幕府軍は反撃に出た。フランス海軍将校シャノアールらに養成されたフランス式歩兵隊の活躍などで幕府軍は薩摩軍を押し返した。そうして戦局は一進一退の状態となった。ところが戦端開始から一日経過した正月四日になり様相が急転回した。長州兵も加わった薩長軍は〝錦の御旗〟を翻《ひるがえ》らせたのである。岩倉や大久保らが急拵《きゅうごしら》えした〝日輪と菊の紋章をあしらった旗〟は思いもせぬ激震となって幕府軍を襲った。〝錦の御旗〟に発砲すれば、たちまちにして朝敵になるのである。幕府軍はやむなく撤退した）

小栗は唇を噛んだ。

（幕府軍は鳥羽伏見の戦いでは敗れたと認めざるを得ぬ。とはいえ依然大坂城は堅牢であり、兵数や兵站《へいたん》では敵を圧倒している。陸軍の主力部隊は温存されており、さらに榎本武揚率いる幕府海軍は無傷であり海上を支配しておる。何とでもなる……！）

（二）

御三家の中でも、紀州家や尾張家については幕臣らは主筋として敬《うやま》っているが、こと水戸家に対しては軽い敵意と根強い疎外感を持っている。

その最たる原因は、第二代徳川光圀《みつくに》以来、水戸家が尊王思想の淵叢《えんそう》になっていると思っているからである。水戸家は光圀以来代々の藩主が莫大な費用をかけて

『大日本史』を編纂してきた。その歴史観は尊王賤覇《そんのうせんぱ》であり、朝廷を尊び武家を賤《いや》しむ。例えば室町幕府創始者の足利尊氏は、武家では英雄であるが、朱子学を基盤とする水戸史観では賊となる。それが時勢のなかで徳川家を覇者と位置付けることにより尊王攘夷思想に結び付き、結果として徳川幕府批判を呼び起こしてしまった。

「代々ご謀反の御家筋である」と幕臣は水戸家を漠然と見ている。

慶喜はその水戸家に育ち、母は有栖川宮織仁《おりひと》親王の娘と公卿の血を引き、正室もまた今出川三位卿菊亭家から迎えている。自然と天朝敬慕《てんちょうけいぼ》の念が強い。敵軍が錦の御旗を持ち出したと知るや慶喜の心中は揺れ動いた。

(これに抗すれば、己《おのれ》が逆賊の烙印《らくいん》を押されてしまうのではないか)

六日の夕刻、慶喜は大坂城代を務める大河内信古《のぶひさ》総督はじめ諸隊長を大坂城大広間に集めた。慶喜は自らは発言せずに参集した一同の意見を聞いた。

「薩長討つべし…！」「薩長に鉄槌《てっつい》を…！」雄叫びが広間にこだました。

慶喜の顔は紅潮し、拳を力強く握りしめて血筋が立ち、体は小刻みに震えた。一同はそれを反転攻勢にかける慶喜の心意気と感じた。ようやく慶喜が口を開いた。

「皆の気持ち受け止めた。余が陣頭に立つ。明朝を期して攻勢に転ずるゆえ皆も心して支度せよ」

大広間に歓声とどよめきが湧き上がり、感激のあまり泣き出す者さえいた。

その夜も慶喜の心は揺れた。

正月三日の鳥羽伏見の戦い以来敗報ばかりが耳に入ってくる。殊《こと》に六日の準譜代大名である津藩藤堂家の寝返りによる幕軍の総崩れは強い衝撃を与えた。迷いに迷った挙句《あげく》、慶喜はついに大坂での挽回を諦《あきら》め、江戸で再起する決意を固めた。

唐突に秘密会議を開きたいと、板倉・酒井の両老中と松平容保《かたもり》・定敬《さだあき》兄弟らを集めるや、敵情視察と称して密に大坂城を抜け出した。ただ命じられるままに慶喜に従って城を出た板倉は事の真相がわかると慶喜を詰《なじ》った。

「上様！　徳川大事を叫ぶ将兵らを謀《たばか》ったのでござりまするか…。無念にござります…」

酒井も松平兄弟らも同じ思いである。

慶喜は闇夜を進みながら行く手を確認しつつ声を絞った。

「余に存念がある。…すべては江戸表に戻ってからじゃ…」

板倉らは、慶喜が東帰したのち江戸城で態勢を整えるのであろうと信じるほかなかった。

報告を受けた小栗は口惜しさに空を見上げた。

(上様がいま暫《しばら》く大坂城に止まられ、江戸からの応援を待たれれば戦局を打開する余地は十二分にあったものを…)

しかし慶喜は闇夜を逃げた。

(三)

小栗が一日の城勤めを終えて家路を急いでいると、竜閑橋《りゅうかんばし》にさしかかったところで手綱を引いていた塚本真彦が意を決したかのように馬上の小栗に語りかけた。黙っておけなかったのであろう。

「殿様、鳥羽伏見の戦いでの敗戦の噂を聞いて驚いておりまする。敵の兵力の五倍を有し、フランス式装備を誇る幕府軍が何故にああも簡単に敗れたのか、某には信じられませぬ」

小栗とて信じたくはなかったが、おおよその見当はついていた。

「塚本よ、儂はここ幾年か幕府軍の強化に力を注いできたが、その過程で弱点もよく見えるようになってきておった。敗因の第一に、幕府軍を除いた会津、桑名やその他の諸藩兵、それに新選組も旧来の武士団のままじゃ。敵軍の新式鉄砲隊に対して刃で向かっていっても結果は知れておろう。第二に、そなたが申すように幕府軍の装備は敵軍に比べても優れておることは確かじゃが、総指揮官の竹中重固殿はじめ諸指揮官らの考え方が固陋《ころう》であるのに対し敵軍は実践を重ねておる上に身分によらない実力本位の指揮体系を取っていたことも大きかろう。第三に、薩摩などは地形等を調べ上げていたのに対し、幕軍は激情にかられて軍略や戦法等を詰めるのを怠ってしもうた。いずれにしても太平の世から抜け出せてはおらなんだ」

塚本にはどうしても解《げ》せぬことがあった。

「殿様は他のどなたよりも開明的であられつつ、徳川幕府一筋に忠勤を励んでおられます。なのに成り上がりの勝様はともかくとして、井伊直弼様を出された譜代筆頭の彦根藩や、大権現家康公に準譜代という破格の待遇を与えられた伊勢国津藩三十二万石の藤堂家は銃口を敗走する徳川軍に向けられました。御三家筆頭格の尾張藩は、将軍を多数輩出された紀州藩へのあてつけか、彦根藩や津藩を敵軍に付くよう説得に尽力されたとか。さらに紀州藩とて上様が大坂城を脱出されるや幕府を見限られました。一体如何《いか》に考えればいいのか某には分かりませぬ」

まだ塚本は言い足りぬ様子である。

「農民や町民どもまで幕府を見限り東征する敵軍に食糧等を配っているというではありませんか」

〝国民〟感覚を身に着けていた小栗には辛い質問であった。

（四）

大坂城は不思議な城である。織田信長以来この城が開城する時、日本史はその都度一変する。慶喜が大坂城を捨てたことで徳川家の命運が定まったといえるのかもしれない。

慶喜が大坂城を密かに脱出した翌正月七日、朝廷は慶喜追討令*を発した。追討となれば、慶喜からの辞官・納地は問題ではなくなり、朝廷が一切の官位を奪い、その領地もことごとく奪い取るだけのことである。

＊追討令により「倒幕」は武力による「討幕」に絞られ、反幕府軍（クーデター軍）は官軍となった。

東征大総督に任じられた有栖川《ありすがわ》宮《のみや》熾仁《たるひと》親王《しんのう》は、二月六日錦の御旗を翻《ひるがえ》して京を発った。参謀には、西郷、広沢、林玖十郎および公卿二人が任じられた。薩長土三藩の兵を主力とした総数五万の軍勢である。

長州藩士品川弥二郎の即席とされる「都風流トンヤレ節」がたちまち人々の口に上った。

宮さま宮さま　お馬の前の　びらびらするのハ　なんじゃいな
トコトンヤレトンヤレナ　ありゃ朝敵征伐せよとの　錦の御旗じゃ
しらないか　トコトンヤレトンヤレナ

万民の苦しみを救うという名目で戦争が起こされ、また戦争の目的を広く万民に訴えた歌が作られ、それがたちまち全国で歌われるということは、日本の歴史ではこれが最初であった。

京都政権が討幕に踏み切ったことは、国内において天皇独裁政権を打ち立てる第一歩となったと同時に、諸外国に対してもその存在を認めさせるきっかけとなった。つまり、新政府は討幕戦に踏み切ったことで、はじめてその国際的承認を勝ち取る条件をつくったのである。

【最後の御前会議】

序章参照

【権田村】

（一）

「上州権田村への土着をお許し願いとうござりまする」

「許す」

　勝海舟の恭順論を採用した幕府にとって徹頭徹尾主戦論者であった小栗が江戸を離れてくれることは有難いことである。酒井雅楽頭は救われる思いであった。ここに至る小栗の有《あ》り様《よう》を具《つぶさ》に見ていた酒井にとって幕府側から小栗にそのことを申し渡せば、それは組織的な裏切りと感じられたからである。

〝小栗上野介の江戸退去、上州にて隠居〟の報はすぐに江戸城中を駆け巡った。

　大鳥と榎本が息を切らして小栗屋敷に飛び込んできた。

「小栗上野介様はお戻りにござりましょうや。上州へ退去されるとは本当《まこと》にござりまするか」

　道子が応対した。

「これは大鳥様に榎本様、まずはお上がりくださいませ」

二人が草履の紐《ひも》を解く間に道子が説明した。

「わたくしも、先程主人から左様に聞かされたところでございました。役職を辞することの覚悟はいつでもできておりまするが、『江戸っ子気質《かたぎ》は上州気質より きているそうな。江戸気質の源たる上州権田村に移り住もう』と言われて驚いて いるところにございます」

普段は冷静な道子も驚きを隠せず、言わずもがなのことをついつい口走った。

奥座敷に案内されると、小栗は縁側に立ち茫然と曇空を見上げていた。庭先では牡丹雪が視線を遮《さえぎ》るかのように深々《しんしん》と舞い降り、凍りついた地面を琥珀色《こはくいろ》に塗り替えようとしていた。

大鳥が息咳《いきせ》く声で言った。

「小栗様。あなた様は我々徳川一途の家臣団にとって精神的な支柱であらせられます。京坂の地で敗れたとはいえ、いまだに戦力は敵軍を圧倒しておりまする。徳川幕府再興のために共に戦いましょうぞ」

榎本が続けた。もはや涙声である。

「幕府海軍は文字通り無傷です。軍事取扱いとなられた勝殿が何を申されようと、海軍は某に忠誠を誓っておりまする。小栗様の献策である駿河湾での艦砲射撃により敵軍を殲滅《せんめつ》しとうございまする」

二人の気持ちはいやというほど小栗の胸に響く。

「大鳥殿…、榎本殿…。慶喜公の〝二心殿〟ぶりには散々振り回されました。『君、君たらざると雖も、臣、臣たらざるべからず』を座右の銘としてお諫《いさ》め申してきましたが、もはや慶喜公の恭順のお気持ちは変えようもござらぬ。さすれば、あとは〝徳川家〟を守らねばならぬ。儂《わし》がいては成るべきものも成らぬ、と考えた次第でござる。お二人には誠にお世話かけ申した。儂の実力のなさをお許しくだされ。お願いにござる…」

小栗に頭を下げられては、大鳥も榎本も返す言葉が見いだせなかった。

二人が外へ出ると牡丹雪は降り止んでおり、澄み渡った空に満月が映え、降り積もった雪が月明かりを反射《とも》していた。不思議と風はなかった。

（二）

一月二十八日の早暁に小栗一族と供回りの一行三十名は江戸を発った。

小栗は筆頭用人の塚本真彦と馬頭を並べて進んだ。

小栗は鴻巣宿の箕田追分《みだおいわけ》を過ぎたあたりで顔は前方を向けたままで塚本に語りかけた。

「塚本よ、この一年から二年の動きをみてもわが大和民族とは誠に面白きものとは思わぬか」

「…」

「つい三年から四年前まで反幕勢力を含めて誰も幕府の瓦解を予見できなかったはずじゃ。わが民族は時流への動きが敏感なのであろう。弁解に聞こえるやもしれぬが、儂とて大きな時流は理解しておったつもりじゃ。横須賀造船所建設にしても、たとえ幕府が滅亡したとしても新政府に〝土蔵付き売家〟として渡しても構わぬと思うて進めておった。我が国が諸外国と対等に渡り合えることこそ大事と思うておったゆえにの…」

小栗は中国の例で説明を付け加えた。

「つまり塚本よ。お隣の中国では、代々王朝が代わるたびに何百万人という人々が殺されたとも聞く。他民族一掃、易姓革命じゃ。日本《ひのもと》は単一民族に近いからであろうか、中国に比べればそれほどの血が流されなくても政権は交替してきた。日本の人々は、軽佻《けいちょう》浮薄《ふはく》なるがゆえに、いかなる変革期にも片付きが早かったのであろう。それが証拠に、東海道はじめ諸道から江戸に向かう敵軍に、沿道の人々は食糧等を貢いだりもしており、かつての参勤交代以上の早さで江戸に入ろうとしているというではないか」

東海道鎮撫総督に任じられたのは、参与橋本実梁《さねやな》である。

橋本総督は正月五日に京を発ち、肥後、因州、彦根、備前、膳所《ぜぜ》、亀山、水口、大村、佐土原等の藩兵を集めたうえで、大津、四日市を経て駿府へ駒を進めていた。

塚本も言いたくてたまらない。

「譜代の桑名藩も酷《ひど》いものです。松平定敬様は兄君であらせられる会津藩主松平容保様とともに幕府擁護で足並みを揃えておられました。しかるに徳川御三家筆頭格の尾張藩が家中の佐幕派を処断して、勤皇の旗幟《きし》を鮮明にされたのを見るや、定敬様の弟君の定教《さだのり》様は四日市の総督府に出頭されて降伏を告げられたよし。当然に攻め込んでくると予期していた敵軍が逆に驚いたそうにございます」

小栗が感想を漏らした。

「人間の心がそれくらいいい加減なのか、あるいは現実というものがそれほど威力を持っているのか……」

今では江戸っ子以上に江戸気質の塚本は憤慨していた。

「某は、たとえ江戸が戦火に塗《まみ》れたとしても、殿様の作戦通りに敵軍と一戦交えるべきだったと今でも思うておりまする」

小栗は返す言葉がなかった。

母の國子や妻の道子らは籠で続き、その後ろを中間や下男たちが荷駄をかかえて徒歩でつき従ったので、はかがいくはずもなくその夜は熊谷宿に泊まり高崎についたのは晦日であった。そこから榛名山を右手に確認しつつ、烏川に沿って西北の方角に進み、一行は無事に権田村に至った。

遣米使節団一行に加えた名主の佐藤藤七らが迎えに来ており、かねての手筈通りに小栗一家は寓居と定めた権田村中心部の東善寺に入った。東善寺は曹洞宗の古刹であり第五代忠信が中興時の開基を資金面で援助しており、小栗家とは縁が深かった。

第五章　架け橋（江戸城無血開城）

【山岡鉄舟】

（一）

勝海舟は慶応四年（一八六八）二月二十五日、軍事取扱いに任じられ徳川方の軍事最高責任者として江戸城引渡しの準備に入った。

そんな折、勝は予期せぬ協力者を得た。山岡鉄太郎（鉄舟）である。

山岡は旗本であるが、文久三年（一八六三）には清河八郎らとともに三百余人の浪士からなる新徴組を率いて京に上ったこともある。慶喜が上野寛永寺に蟄居《ちっきょ》すると、近藤勇らとともに慶喜身辺警護の精鋭部隊を組織した。

二月下旬の霜柱が不忍池周辺にも舞い下りた日に、山岡は慶喜から寛永寺の御座所に呼び出された。

「余がそのほうを呼んだのはほかでもない。そのほうを駿府の新政権総督府に遣わし、余の恭順謹慎の実情を知らしめ、天下泰平に繋げんがためなり。そのほう、よく余が意を達せよ」

山岡は慶喜に確認しておきたいことがあった。

「上様、駿府に参ること承知つかまつりました。ただし総督府のあらゆる問いに応える用意はしておきとうござりまする。恐れながら、上様が数多《あまた》の家臣どもの懇願を押しのけられて恭順をお示しになられたのは、いかなるお考えに基づくものでござりましょうか」

慶喜は思わず涙した。嘘か誠かは知るよしもない。

「余は朝廷に対しては真実無二の真心から恭順致すものである。なれど…、幕府追討の詔が発せられた以上、余の命運もこれまでであろう。良かれと思って行った数々のことが、朝廷の意にそぐわなかったのかと思うとかえすがえすも口惜しゅうてならぬ…」

山岡はその一言を聞くと肚が座った。

「真実無二の真心からでた恭順とおっしゃるのならば、某この命に代えましても上様のお気持ちを総督府にお届けし、その疑いを晴らして見せまする」

剣禅の修行により胆力溢れる山岡をしても、任された事の重大さに身が震える思いがした。そして死さえも覚悟した。

その山岡が赤坂本氷川坂下の勝邸を訪ねてきた。

応対した妻のお民から、来訪の主旨が慶喜の意を駿府に伝えるための相談であると知らされると、警戒を解いて会うことにした。勝は三月五日の日記に記している。

「旗本、山岡鉄太郎に逢う。一見、その人となりに感ず。同人、申す旨あり。益満生を同伴して駿府に行き、参謀西郷氏へ談ぜむと云う。我、これを良しとし、言上を経て、その事を執らしむ。西郷氏へ一書を寄す」

幕府軍事取扱いの要職にある勝は、西郷と駿府で会談したくとも、江戸を離れる訳にはゆかず、山岡に託すことにしたのである。尚、山岡に同行する益満とは、前年十二月の薩摩藩邸砲撃のときに捕縛され、死罪に処せられるところを勝が救って身柄を預かっていた人物である。いずれ役に立つ日が来るであろうと思ってのことであった。

勝には片付けておかねばならぬ気掛かりなことがあった。そこで山岡に依頼した。

「これから江戸城引渡しの準備に入るとしても、やはり長年に亘り勘定奉行を務めてきた小栗殿に西郷殿に引き継ぐべき要点を聞いておくべきだと思うておる。そこでお前さんに上野国《こうずけのくに》権田村に蟄居されている小栗殿にその旨を伝えてほしいのさ。いやな俺も北関東の状況を把握すべく本庄宿まで参るつもりだが、そこから先はお前さん一人がよかろう。俺と小栗殿は確かに事あるごとに相反する主張を述べてきたが、いずれも徳川家や日本《ひのもと》のためと思うてのことであった。今となれば何のわだかまりもない。おそらく小栗殿も同じ心持でいてくれるのではあるまいか。俺が直接出向けば、妙な誤解を受けて西郷殿との交渉の足枷《あしかせ》になってはもともこもない。そこでお前さんに頼みたいのさ」

二人はさっそく翌日には出発し、途中鴻巣宿で一泊した後、翌日夕刻本庄宿に到着した。翌朝、山岡は一人で権田村をめざし、陽も明るいうちに東善寺を訪れた。

小栗は学び舎を建設すべく造成予定地の観音山にいた。次代を担う新政権に寄与すべく、権田村の若者に教育機会を与えることを自らに課された任務だと心得ていたのである。

そこへ東善寺で留守を預かっていた塚本が駆けつけた。

「殿、東善寺に客人が来ておりまする。山岡鉄太郎と名乗られております。厳《いか》めしい外面《そとづら》の武士《もののふ》ですが如何なさりますか」

「山岡とな…？　たしか上野寛永寺で謹慎なさっておられる上様を警護しておるものの中に山岡という猛者《もさ》がいたが、その者かの？　ともかく会ってみよう」

東善寺に戻ったところ山岡が山門中腹の石段に腰掛けていた。

「やはり貴殿か…、いやいや久しいのう」

「これは小栗様、お元気そうで安堵致しました」

「当地には江戸みたいに佞人《ねいじん》はおらぬからな。気持ちが真っ直ぐになるわ、ワッハッハッ」

小栗は冗談まじりで本心を述べた。

「それで、山岡殿、何故斯かる辺鄙《へんぴ》なところまでお越しなされたのじゃ」

「実は、勝先生から依頼があったからにござります」

「勝殿からと申されるか？」

「小栗様、二人きりで話しとうござりまする」

「それでは、寺の本堂をお借りしよう」

　本堂の中央に対座するや山岡が口を開いた。

「某は、上様からのご命令で駿府の新政権総督府に赴くことになりました。上様は勝先生とよく相談して事を成せと申されました。勝先生はすでに江戸城引渡しの準備に入っておられましたが、『西郷参謀と交渉するに際して心得ておくべきことを、幕府内情に詳しい小栗殿から聞いておいた方がよい。特に幕府財政のことはすべからく小栗殿の脳裏に宿っているから』と仰せられました」

　小栗は山岡に流れる武士道の気骨を感じた。

「貴殿ならば、立派にお役目を果たされるであろう。ところで、勝殿の依頼の件でござるが…」

　小栗は勝の心遣いが嬉しかった。御前会議で敗れた時から徹底抗戦派の己が江戸に残っていては、勝による新政権との交渉に支障が生じるであろうと潔《いさぎよ》く身を引いたのである。そのことを勝はわかっていてくれたのだ。

「西郷殿に申し入れていただきたい儀は二点にござる。一つ目は、只今建設が中断しているという横須賀造船所のことにござる。かの造船所はひとり幕府のためのみならず日本《ひのもと》のため、日本が諸外国と伍していくためにも新政府にて是非に完成させて頂きたい。『戦国策』にいう『百里を行く者は九十里を半ばとす』のごとく、フランス国支援のもとヴェルニー殿のご尽力で九分通りできておりますので、最後の仕上げをお願いしたいとお伝えいただきたい。二つ目は江戸町民が積み立てた小石川養生所の運営費積立金の儀にござる。ご存知のように小石川養生所は、八代将軍徳川吉宗公が目安箱の投げ文の主旨を取り入れて南町奉行の大岡越前守忠相殿に命じてつくらせたものにござる。その後幕府財政が逼迫してくると吉宗公の孫で奥州白河藩藩主にて幕府老中首座の松平定信様が、寛政の改革の一環として江戸の各町会に経費節減額の七分を養生所の管理運営費等に拠出するよう呼びかけられた。そうして積み立てられた額は、百七十万両を下らないはずにござる。新政権軍が江戸城に乗り込み積立金の存在に気付けば、東北諸藩攻撃のための軍費にあてるに相違ござらん。この積立金を本来の持ち主である江戸町民に返していただきたい。以上が西郷殿に申し入れて頂きたい儀にござる」

山岡も小栗に流れる武士道の誠を感じた。己が斯様な身の上になっても、我が国のことを一身に考えておられる。幕臣としての誇りもある山岡は、もっと早い時期に小栗と出会えていたならば、幕府再興による日本の強化のために夢中になっていただろうと容易に想像できた。

「貴重なお話を拝聴させていただき忝《かたじけ》のうございまする。勝先生に、只今のお話は全てお伝えいたしまする。この山岡も駿府で西郷参謀に会える際は、左様に申し添えまする」

山岡には時間がない。小栗との面談を終えると急ぎ足で江戸に引き返した。

（二）

山岡は小栗からの伝言を勝に報告すると、そのまま駿府に向かった。

駿府への道中を『剣禅話』に記している。

「品川、大森を経て六郷河を渡ると、朝廷軍の先鋒隊が道の両側に銃隊列をつくって並んでいた。われわれはその中央を通って行ったが、止めようとする者はなかった。隊長の宿営らしい家に着いたので、案内も頼まずに中に入り、隊長を探すとそれらしい人がいた（後日、薩摩藩士篠原国幹と判明）。自分が大声で『朝敵徳川慶喜家来山岡鉄太郎である。大総督府へ参る』と断ると、誰も何とも言わず、自分の顔を見るだけであった。そのときは益満が自分の後についてきた。横浜を出て神奈川の宿に着くと、今度は長州の軍勢がいた。そこで今度は益満を先に立たせて自分は後ろにつき、『薩摩藩のもんじゃ』と名乗りながら急行すると、少しも咎《とが》める者はなかった。それからは、どこでも薩摩藩と名乗ることにしたが、そうすると、証明書なしでも丁寧に通してくれたのである。…（中略）… 昼夜兼行の行軍で駿府に到着し、伝馬町にある家を旅営にしている大総督府参謀の西郷吉之助殿に面会を求めた。西郷殿はすぐに出てきてくれた」

駿府城には二月十五日に京都を出発した東征大総督有栖川宮熾仁親王が三月五日に到着していた。西郷は有栖川宮に先行してすでに駿府城に入っていた。山岡は、西郷の前に進み出ると、挨拶もそこそこに勝の認《したた》めた書状を渡した。

「そもそも徳川慶喜が大坂を引き払って江戸に戻ったのも、まったく朝廷に対し恭順の実をあげるためである。われわれもその意を体し、どこまでも恭順を主としているのである。しかるに堂々と征討の兵を向けられ、いまにも江戸城に打ちかかる勢いを持っておられるが、これはいかなるお見込みであるか。

軍艦奉行として申し渡したき儀もある。もし徳川家において、朝命を拒み、征討の兵を拒むというのであれば、いかようにもやりかたはある。徳川家においては、軍艦十二隻を所有しており、東海道筋の要所や大坂近海その他の要所に配置し、官軍を遮断し大打撃を与えることはたやすい。われわれがそのことをなさぬのは、すべて恭順の実をあげているからである」

勝は続ける。

「吾、貴公とは年来の知己《ちき》である。天下の大勢はよく解しておられるであろう。しかるに今日、手を束《つか》ねて拝している者に、兵力をもって難を加えるというのは何事か。実に平生には不似合いの挙動と考える。これはしばらくおいて、ともかく征討の兵は、箱根以西に止めてくれなければならぬ。そうせねば、慶喜の意も、われわれの奉ずる意も、全きを得ずして、いかなる乱暴者が沸騰するかも知れず。

いま江戸の人心というものは、実に沸いたる湯の如し。右往左往、如何とも制することはできない。官軍がいま箱根を越したならば、到底われわれは恭順の実をあげることができないによって、是非箱根の西に兵を置いてもらいたい」

勝は江戸の情勢を述べるだけで、脅かすつもりは毛頭ないのであるが、官軍参謀の西郷に対する発言としては大胆不敵であった。

西郷は烈火のごとく怒った。

「果たして恭順の意であっとなら、官軍に向こうて註文するこつなどなかはずじゃ。勝は申すまでんなく、慶喜の首も引き抜かねばおかれん。いわんや箱根を前にして滞在するチは、もっともできもはん」

西郷は諸藩に命じた。

「三月十四日に江戸城ば攻撃する。そんため十三日までに江戸に到着せよ」

西郷は条文を示しながら山岡に言った。

「新政府の条件は、慶喜公の備前藩池田家への預け、江戸城明け渡し、幕府軍艦の引き渡し、武器全ての引き渡し、旧徳川家家臣の向島にての謹慎、および慶喜公配下の厳重なる取調べと処罰、の六カ条でごわす。慶喜公の意向が真実であるかどうかは、そこらば見た上で判断しもす」

山岡は勝から交渉権や決定権は与えられていなかった。しかし已むに已まれず条文に踏み入れた。

「慶喜公の備前藩預けの条文のみは認める訳には参りませぬ」

「朝命ごわす。山岡サアは勝サアの使者にごわす。勝サアに左様伝えてくるっとよか」

山岡は鉄舟と号する如く、〝剣禅一致〟の武人である。一言だけ付け加えた。

「しからば西郷先生、立場が逆だったら、もし先生の主人であらせられる島津公が万一朝敵の汚名を受け、恭順謹慎なさるも、わが主人慶喜公のごとき処置の朝命あれば、先生はすみやかに主君を差し出し安閑と傍観できまするや」

この一言は西郷の胸に響いた。武士の情けを重んじる西郷は一歩譲ることにした。そして次の瞬間には山岡に敬意を表した。

「わかりもした。山岡サアのご真意は、この吉之助ようわかりもした。慶喜公の備前藩預けの儀は、何とかよかごつ取り計らいまっしょ。ご安心あって勝サアにそう伝えてたもんせ」

さすがに西郷の肚《はら》は太い。西郷はこの後大久保に山岡を語った。

「金もいらぬ、名誉もいらぬ、命もいらぬ人は始末に困るが、そのような人でなければまっこと天下の偉業は成し遂げられんとでごわしょうな」


山岡は江戸に戻ると勝邸を訪れ、西郷との面談の凡《およ》そを報告した。

勝は顔をくしゃくしゃにして山岡の手を握りしめていった。

「山岡さん、大手柄です。お前さんは真に虎穴に入って虎児を得たんだよ。これで江戸を戦禍から救えるかもしれねえよ」

山岡は後に明治天皇の教育係になるほどの一個の哲人である。

「勝先生、某が仮に手柄を立てたとしても、それは勝・西郷間の信頼関係の賜物にて、某はただ伝令の役を果たしたに過ぎませぬ。ただ…嬉しゅうございます。某ごときが、日本国の御役に立てたとすれば…」

勝と山岡の間に満たされた沈黙が続いた。

（山岡さんの尽力により、当方の意向は相手方に正しく伝わった。総督府の徳川方処分の内容もわかった。あとは、この俺が西郷殿と直談判《じかだんぱん》するしかあるまいな……）

勝は受け持った課題の重さに押し潰されそうになりながらも西郷との会談に一筋の光明を見いだそうと藻掻《もが》き続けた。

東海道先鋒軍は道中一戦も交えずに三月十二日には早くも品川に到着した。

一方、東山道軍は、支隊が甲州勝沼で近藤勇率いる新選組二百人ほどと一戦し、本隊が下野国《しもつけ》梁田《やなだ》で幕府歩兵頭の率いる千八百人の部隊と交戦したが、武力に勝る東山道軍はこれらを容易に潰走させた。そして三月十三日、江戸に入った。

【勝・西郷会談】

（一）

勝は約束の時間に薩摩藩邸の西郷を訪ねた。

西郷は参謀本部での会合が長引き、約束の時間を半刻ほど遅れて勝の待つ奥座敷の縁側に姿を現した。いつものだぶだぶの紋服姿に下駄を履き、下僕の熊吉一人を連れていた。

「いや勝サア、遅刻ばしてしまいもした。まっことすまんコツです」

西郷は幾度も頭を下げて謝った。とても先程まで官軍の参謀本部で総指揮を執っていた人物とは思えぬ振舞いである。

「やあやあ」

勝も笑ってこれを迎えた。

「西郷殿、今日はしかと覚悟を決めて参上しました」

「そうでごわすか」

西郷はきっちりと膝の上に両手を置き、幕府重臣に対する一陪臣の態度で接している。勝の目を見て太い穏やかな声で言った。

「江戸城ばお引き渡しなされもすか」

「もとよりにござる」

ここに至れば勝は間髪を入れない。有司決定の嘆願書を取り出した。

「先般、山岡さんを貴殿のもとに遣わしました折に貴殿よりいただいたご沙汰書につきましては、もとより異議はござりませぬ。しかれども幕臣どもの了見の狭さはご承知の通りにて、やはり彼らを取り鎮める必要もござる故に、斯様にご修正願わしゅうござるが、いかがにてござりましょうや」

西郷は嘆願書を読みながら「ハイハイ」と頷いた。

「わかりもした。が、こいはわいの一存とはいきもはん。すぐにでん駿府に赴き大総督府のご意見ば伺い、そん都合によっちゃ京都に行かんとならんでっしょ。いろいろと難しか議論もあっでしょうが、わいが一身にかけてお引き受け申す。明日は総攻撃ということになっちょりましたが、一旦取り止めにしまっしょ」

「是非左様に願いとうござります」

「はい」

西郷は手を叩いて人を呼び、出てきた若者に言った。

「村田どんと中村どんば呼んでたもんせ」

村田新八と中村半次郎が座敷に入ってきた。

中村半次郎とは、人斬り半次郎としても知られている、後の桐野《きりの》利秋《としあき》である。

西郷は両人を茶目っ気たっぷりに紹介した。

「こん人たちは気性の激しか薩摩隼人の中でん豪傑で知れ渡っとりもす。まっこと、戦《いくさ》好きであり抑えるとは一苦労どこっちゃなかとです」

西郷は両人を睨《にら》み付けて、きっぱりと言った。

「おまんら、全軍に伝えてたもんせ。明日の江戸城総攻撃はひとまず見合わせもす。日限の儀は追而《おって》沙汰に及びますとな。大総督府より仰せ越され候次第もあるチ、すぐにそげん触れてたもんせ」

勝は思わず泣き出しそうになった。西郷ただ一人にかけて、誠心一路突き進んできたことがここに報われたのである。総攻撃中止の沙汰もそうだが、底知れぬ西郷の肝っ玉の太さに感じ入った。だがここで泣いては男が廃《すた》る。

「西郷殿、これで日本国二千年の歴史を汚さずにすみます。これで、ご先祖様に…」

「ウウウウ…」

屏風《びょうぶ》の陰から呻《うめ》き声とも泣き声ともつかぬ声が聞こえてきた。

「山岡さんよ、良かったな、本当に良かった…」

勝は屏風越しに山岡に声をかけた。山岡は、勝が薩摩藩の奥座敷に着く前から、勝と西郷の身を案じて警護についていた。勝は前夜山岡に頼んでおいた。

「儂などどうなろうと構わん。西郷殿の身に何ぞあったら一大事ゆえによろしゅうにな」

「この身に替えてお守りいたしまする。西郷様も勝先生も…。この山岡、日本国の将来のためにお二人の命を守り抜きまする」

西郷との会談を終えた勝が玄関先に出た。空は夕焼けで真っ赤に染まっていた。門外に出ると待機していた薩摩兵数名が銃を構えて勝に迫った。

「勝先生、また会いもんそ」

西郷が門の外まで見送りに出て丁重に礼をした。薩摩兵らはさっと身を引き、一列に並んで捧《ささ》げ銃《つつ》の礼で勝を見送った。


勝は本氷川坂下の屋敷に帰るとすぐに横になった。

そこに杉亨二《こうじ》が入ってきた。勝の私塾（氷解塾）の塾長であり、後に勝の推薦により開成所教授方並になった日本近代統計の祖と呼ばれる人物である。

「勝先生は江戸城引き渡しに同意されたのですか。戦端を開いての勝算はなかったのですか」

勝は答えた。

「杉よ。時によっては幕府が勝つかもしれねえ。だが少し長い目で見れば幕府存続は厳しいといえる。象徴的には米さ。徳川幕府四百万石の半ばは上方にある。米の生育は上方が適している。これだけでも戦の帰趨が分からねえか。兵の強い弱いは次の問題さ。それよりも国の底力となるのは経済なんだよ」

勝は続ける。

「それから兵の規律を見てみな。明日の総攻撃に備えて押し出しの態勢を整えていた官軍が、西郷殿の鶴の一声で、前線から本陣へと引き揚げたじゃないか。西郷殿との会談を終え、俺が三田の薩摩屋敷から江戸城に帰る間に、早くも全軍が戦闘休止の態勢になった。平和ボケした徳川軍にこの真似ができると思うかい。杉よ、それだけでも徳川の負けだとは感じられねえか」

（二）

翌朝、勝は誰にも行き先を告げずに、焦《こ》げ茶色の紋付袴《もんつきはかま》に陣羽織《じんばおり》を重ねた正装でこっそりと一人出かけた。イギリス公使館に着いたのは四つ刻《よどき》（午前十時）である。

「パークス殿はご在宅か…！　幕府軍事取扱いの勝にござ～る」

玄関先から大声で叫ぶと、通訳のテゥループが怪訝《けげん》な顔をして出てきた。

勝はいたって平気である。

「グッドモーニング。軍事取扱いの勝でござる。今日はいい天気になりましたな。ところで、パークス公使はご在宅かな？」

テゥループは対応に困った。

「斯かる時期に幕府の重役に来られたら困ってしまいます。イギリスは官軍サイドに立っていることはお分かりかと思います。何故フランス公使館ではなくて当方に参られたのですか。確かにパークスはおりますが、おそらく出てこないと思いますよ。念のために用件だけはお伺いしておきます」

勝は遠慮は負けだと覚悟している。

「国事に関しての相談事でござる。もはや大政奉還した幕府には、かつての老中制度はなく、この軍事取扱いの勝が一切を取り仕切っておりまする。是非パークス殿と今後について相談したき儀がござっての。…だけでは取り次ぐ貴殿がお困りであろう。徳川慶喜が儀とお伝えくだされ」

テゥループは一旦奥に下がったが、すぐに戻ってきた。

「やはり、今は会えぬということです。ヨシノブのことは幕府内部で解決する問題だろうと申しております。恐縮ですがお引き取りください」

「ほう。今は会えぬと言われるのならば、会っていただくまでここで待たせていただきます」

「水も食事も出しませんよ。水は外の井戸で汲めますが…」

「気をお使いになられなくとも結構。テゥループ殿、『武士は食わねど高楊枝』という言葉をご存知かな。この国の武士は三日や四日何も食べなくても我慢できるのでござるよ」

勝は眠ってしまった。気がつくと日が暮れかけており、夕焼け空を雁《かり》が群れをなして北に向かっていた。

テゥループが含み笑いを堪《こら》えて出てきた。

「ミスター　カツ、あなたはタフな人だ。ついにパークスがギブアップしました。会ってもいいと言っております。プリーズ…」

応接室に案内されると、パークスが回転する椅子に座っており、こちらに向きを変えて顔を見せた。顎鬚《あごひげ》ではなく揉《も》み上《あ》げが長い。

「ミスター　カツ、御用は何ですか」

流石にイギリス人は合理的だと思った。勝自身、イギリス人の持つこの合理性に賭けてパークスに会いに来たのだ。あまり感情を面に出さないように注意しつつ低い声で言った。

「はじめに旧幕府を代表して述べたき儀が二つござる。ひとつは、海軍教師として貴国の士官を雇い入れておりましたが、幕府が消滅した今如何にすべきかという問題にござる。次に耶蘇《やそ》教の始末でござる。貴国では信教は自由とのお考えのようだが、幕府は耶蘇教を弾圧してき申した。入牢者は直ちに開放し、信教も自由にするつもりでござる。いずれも新政権が正しく処理してくれると思いまするが…」

「ミスター　カツ。その二点はよろしく取り計らっていただきたい。もっとも新政府との交渉は、我々も行なうつもりですが。それよりも、あなたがテゥループに申されたヨシノブのことについてお伺い致しましょう」

勝は一瞬たじろいだが、繕《つくろ》うために目を閉じた。目を開けると腹中のもの全てを吐き出すかのように開けっ広げに言った。

「まず現況からお話し致そう。江戸城無血開城を薩摩の西郷殿と話し合い、西郷殿はいま京で官軍幹部を説得しておいでにござる。西郷殿は、一身にかえてもと強く引き受けられましたので、事はなったと信じております。某は万人は信じられなくとも西郷殿だけは信じておりまする」

「しかしサイゴウをあなたがいかに信じ、サイゴウがあなたの信に報いる誠意で事に当たったとしても、官軍はサイゴウのような男ばかりではありますまい。もし談判が不調に終わったら如何するおつもりか」

勝は庭先に目を移した。よく晴れた日である。風もなく公使館の庭先の木々は微塵も揺れてはいない。それだけに冬の底冷えが今朝は格別にきつい。

「ホー…ホケキョ」

姿は見えないが藪の方から鶯《うぐいす》の鳴き声が聞こえる。空気も澄んだ朝である。そんな景色を背景にしながら勝は答えた。

「江戸の町は庭先の鶯のようなものにござる。こいつらは全国至る所にいる留鳥《りゅうちょう》であり、鳴き声も風情がありまするが、なかなか人前に姿を見せませぬ」

「……」

「この江戸の町も二百六十年余にわたり、世界からは埋もれながらも慎《つつ》ましく歴史を刻《きざ》んできました。そのような町を治めていた幕府が自ら幕を引こうとしている時に官軍が攻め込んできたら、大人しい鶯と雖も鳴き散らして暴れるに相違ござらぬ」

「どのように」

パークスは旧幕臣のなかで人気を得たのは主戦論者の小栗であり、勝に従うものは少ないと知っている。故に、多少見くびった質問となった。

勝はイギリス人の秘密保護の精神を信じてあえて戦術を披露した。

「今から申し上げることはここだけの話と心得て頂きとうござる。某が幼少の頃より学んだ剣術には『勝負の呼吸』というものがあります。つまり、緊張が頂点に達するのを待った上で一気に決着をつけるまで動きませぬ。そのためには万全の稽古と備えが必要です。某は西郷殿と会談を行なうに際して、余裕をもって交渉できるように秘策を用意しておりました」

勝はここからが秘策と分かるように少しだけ間を置いた。

「仮に西郷殿の官軍幹部説得が失敗し、官軍が三方から江戸に攻め込む姿勢をとったならば、攻め込まれる前に自ら市街地を焼き払う焦土作戦も已む無しと思うております。フランス公使ロッシュから聞いたことがござります。ナポレオン一世が、自ら発したエゲレスに対する大陸封鎖令を破ったロシアに攻め込んだ際にモスクワ市民は市街地を焼き払って六十万のフランス軍にゲリラ戦を展開して退却させたそうにござる。無事にフランスに帰還できた兵士は五千人だったとのことでござります。薩摩の悪業に嫌気を募《つの》らせていた江戸町民も同じことは出来まする」

勝は更に続けた。

「その時は頭の固い幕府軍はあてにしませぬ。そのために、火消組の頭たち、駕籠かきの長たち、博徒の長たち、その他の人望ある親分と呼ばれる者らと話し合ってござる。『貴様らを見込んで頼みがある。貴様らはお上の威光で動くことはないので、この勝がわざわざやってきたぜ』と一言いうと、『この顔がご入用ならばいつでも貸してあげまさあ』という風で実に頼もしかった。そこで焦土と化した江戸町民を救うために、前もって木場あたりに集めた船で、荒川や江戸川に乗り入れて片っ端から町民を救っていく手配も済ませており申した。それだけの用意をして西郷殿との会談に臨んだのです」

いわゆる主戦論者の扱いについても語った。

「官軍に特別に睨まれている人物は、幕臣では小栗上野介らの主戦論者や近藤勇を組長とする新選組にござる。こいつらが江戸にいてくれては困る。小栗上野介は流石に三河以来の旗本だけのことはあり、最後の御前会議を終えるや早々に上州に蟄居致してござる。榎本武揚は遠方で徳川再興を図れと言って蝦夷地の箱館に追いやり申した。次に新選組でござる。かれらの京での行ないは官軍から見れば犯罪にござる。甲州百万石をくれてやると言って甲陽鎮撫隊を創設させて江戸を追い払ってござる。榎本や近藤には惜しみなく軍資金を与えてござる」

金を上手く使うという面でも勝は天才である。

そしていよいよ本題の〝慶喜〟の事である。

「繰り返すことになりますするが、西郷殿を信じ切ることで全て大丈夫だと思うております。ただ何があろうとも、旧幕臣としては徳川家だけは絶対に守らなければならぬし、守りさえすれば多くの旧幕臣は新政権に従うでありましょう。そこでパークス殿にお願いがござる。もしも慶喜公が危機にさらされた時は、慶喜公をエゲレスに逃していただけませぬか」

パークスは勝の大胆な発想にすっかり魅せられてしまっている。アイアン・デューク号の艦長ケッペルを呼びにやらせた。

「オーケー！　その時はイギリス海軍が責任をもってヨシノブを香港に亡命させましょう」

（これで万が一、西郷による官軍幹部説得が不調に終わった場合も徳川本家は守れる）

勝は重荷の一部が取り外された気がした。

一仕事終えて本氷川坂下の屋敷に帰り寛いでいると杉亨二が噂を聞いて駆けつけてきた。

「勝先生、先生はエゲレス公使館に行かれたそうですね。普通に考えれば親幕派のフランス公使館に行きそうなものを、何故に親薩派のエゲレス公使館に飛び込まれたのですか…？」

「エゲレス人の持つ合理性とやらに興味を持っていたからさ。確かに誰かに紹介された訳ではないから随分と待たされちまった。公使のパークスというのは音楽が好きというではないか。そういう多感な性格であれば、俺が三時間も待てばほろりとするのではないかと思ったのさ。事実、その通りになっちまったがね。俺はかねてアーネスト・サトウとは接触していた。ゆえにサトウを介する手もあったが、パークスとサトウの仲が必ずしも良くないと噂に聞いていたので、パークスと直に接触して、パークス自身の責任で事を決めてもらおうとしたのさ。通訳なしで乗り込むので不安がなかったと言えば嘘になるが、あとは度胸さ。こう押せばこう動くと見当をつけていったら大体そのようになっちまったのよ。長崎海軍操練所でのオランダ人との接触や、咸臨丸でのアメリカ訪問がいざという時に妙に役に立ったという訳さ」

(三)

東善寺を寓居としている小栗一行に次々と危機が迫った。

まず江戸市中を騒がせた薩摩御用党あがりの長州浪人金井荘介らが、鬼定《おにさだ》を首領とする無頼の輩に「前幕府勘定奉行の小栗上野介が江戸城の金蔵から持ち去った御用金は百五十万両を下らないらしい」と唆《そそのか》した。鬼定は周辺住民を脅して戦闘に巻き込んだが、フランス式に鍛えあげられた精鋭部隊に所属していた小栗主従にいとも容易《たやす》く撃退された。

いよいよ東山道軍が中山道を攻め上ってきた。鎮撫総督岩倉具定《ともさだ》(具視の三男)は、〝小栗上野介追討令〟を高崎、安中、吉井の沿道三藩に命じた。上州はほぼ全域が譜代大名で占められていたが、三藩ともにここに至れば東山道軍の命に逆らうことが出来るような状態ではなかった。

高崎藩頭取大野八百之助《やおのすけ》は東山道軍からの命令書を小栗に示した。

「小栗上野介、近日その領地権田村において陣屋等厳重に相構え、これに加えて砲台を築き、容易ならざる企てこれある趣、諸方の注進、聞き捨てがたく、探索を加え候ところ逆謀《ぎゃくぼう》判然の上は天朝に対し奉り不埒《ふらち》至極、下は主人慶喜恭順の意に相戻り候に付き、追捕の儀、その藩々へ申し付け候間、国家のために同心協力、忠勤を抽《ぬ》んずべく、万一、手に余り候わば、早速本陣へ申し出べく候、先鋒諸隊をもって一挙に誅滅すべく候」

東海道、東山道、北陸道の三道の鎮撫総督軍は、通過する各藩を平定しつつ江戸に向かったが、その中で際立って〝報復の処刑〟を行なったのが東山道軍である。特に、薩長土三藩の将兵間には、近藤勇率いる新選組からなる甲陽鎮撫隊を撃破した後は、「第二次長州征討の首謀者」「薩摩藩邸砲撃の命令者」「薩長討滅後の郡県制創設の首謀者」とされた小栗への憎悪の感情が充満していたのである。

小藩の陪臣である大野はつい先日まで幕府の要職についていた小栗に敬意を表すのも忘れなかった。小栗は大野に事情を説明した。

「某《それがし》は緒方洪庵《おがたこうあん》先生が大坂の適塾で目指されたように、若き子弟を育てて新しき世に人材を輩出したいと考えておるだけのことにござる。観音山に建設中の施設は砲台ではなくて教育施設なのでござる」

小栗の説明通りであることを確認した三藩の代表は、総督府にその旨報告した。

しかし、〝小栗憎し〟の東山道軍が聞き入れるべくもなかった。軍監察の原保太郎と豊永貫一郎は三藩の軍勢を率いて、抵抗せずに端然と迎い入れた小栗主従を有無も言わせずに引き立てた。そして、幕府要人に対して当然に払われるべきであろう尋問と評定の過程を経ずに、小栗は家臣三名とともに切腹ではなく斬首の刑に処せられたのである。慶応四年（一八六八）閏四月六日、享年四十二歳の春であった。

小栗は烏川《からすがわ》の露と消えた。

（四）

その夜、薩摩藩邸に怒鳴りながら駈け込んで来た客人がいた。

東山道軍参謀 乾退助《いぬいたいすけ》である。後の自由党首板垣退助もこのとき三十二歳である。

「西郷参謀はおられるか」

乾はいきり立っている。

「西郷殿、明日の江戸城総攻撃を中止するとは本当《まこと》か。まさか勝に誑《たぶら》かされたのではありますまいな。あ奴は幕軍随一の策士でござるぞ」

甲州路で近藤勇率いる甲陽鎮撫隊を撃破し甲府城を奪還した乾は、意気軒昂に西郷に畳みかけた。乾は江戸城を総攻撃すべしと息巻いており、麾下《きか》の東山道軍を四谷大木戸の外の内藤新宿で止めずに市ヶ谷の尾張屋敷まで押し出していた。

乾が喋り疲れるまで待っていた西郷が両手をついて詫びた。

「乾サア、突然に明日の総攻撃を止めたこつはお詫びしもす。実はな、わいは勝サアと会う前から総攻撃はすべきじゃなかと考え始めておりもした」

西郷は目を閉じた。

「一つ目の理由ごわす。わいは先月までは徳川慶喜を切腹させることが必要だと思うちょりました。そんためには江戸城総攻撃ば躊躇《ちゅうちょ》すべきではなかと考えちょりもした。そげんした場合、幕府軍との戦闘で官軍にもかなりん被害が出るでごわんしょ。大刷新という点からは、それも仕方んなかとも言えもんそ。ばってん、昨年来恐ろしか事件が頻発しておりもす。わいらは幕府から民心ば引き離そうチして様々な策を弄《ろう》してきもした。そんために幕府の秩序ば破壊しようともしもした。今じゃ信濃、上野《こうずけ》、武蔵一帯の一揆や打ち壊しが逆にわいらば脅かしておりもす。新政府にでん秩序は必要かとです。慶喜が謝罪恭順するチ言うとに、慶喜死罪、徳川家取り潰しまで持ってゆくこつは、既存の秩序ば破壊して下々の者ばつけ上がらせるだけチ思わるっとです。岩倉サアや桂サアはもともと慶喜の恭順姿勢に寛大で秩序確立に重心ば傾けとらした。事ここに至って、大久保サアも幕府討滅より秩序回復に重きば置き始めらしたとです。また、勝サアからもし江戸城総攻撃を行なえば民衆がどげんかことばするかしれんと説明さるっと、それもありうると考えざるを得んかったとです。乾サアも信濃の事件ばその目で見られて、そげん思われんかったですか」

思い当たる節がある乾は黙って頷くしかなかった。

事を秩序の再建という立場から見れば、古い秩序の最上層にある慶喜の処分については、西郷、大久保、岩倉、桂ら新政権の主要メンバーは寛大にならざるを得なかったのである。このように政府が民衆を利用して幕府的秩序を破壊する段階から、民衆を弾圧して新政府の支配のもと本質的には前と変わらない秩序を再興する段階へと転換したのである。島崎藤村著『夜明け前』の主人公青山半蔵はそんな新政府に失望するのである。

西郷は続けた。

「二つ目はエゲレス公使パークスからの抗議ごわす。すでに権力ば譲り、ひたすら恭順しとる慶喜ば征討するとは人道に反するこつと反対されたとです。恭順とは降伏のこつであり、国際法上そげんかこつは断じて認められん、そんか無法に対しては次第によっちゃ徳川ば助けざるを得んとまで言うとです」

西郷は乾を説得すると、勝との会談内容を駿府の大総督府に報告し、そのまま京都に入った。

京都では、西郷の上洛を受けて、早々に三職会議が開かれた。

出席者は公卿の三条実美と岩倉具視、長州の木戸孝允と広沢真臣、薩摩の西郷隆盛と大久保利通の六名である。

会議はなかなか纏《まと》まらず時間《とき》だけが過ぎてゆく。長州藩は幕府への恨み骨髄であり生温《なまぬる》い対応では藩内の収拾が難しく、薩摩の大久保はそもそも幕府に対して厳しい意見の持ち主であった。

　西郷は議論が纏まらないのに嫌気がさして席を立った。

「お前サアらと話ばしても埒《らち》があきもさん。『小利を見れば、すなわち大事ならず』。大事ば成さんといかんときに、功業に走るとは情けんなか。おいどんな勝サアとの約束ば守れんとなら江戸には戻れもはん。仕方んなか、職ば辞して薩摩に帰りもんそ」

　議長の三条が懸命に取り持った。

「皆はん、いま西郷はんに官軍を離れられたら、全軍を掌握できる大将がいのうなってしまいます。ここは西郷はんの言われる通りにしまひょう」

　ついに西郷の案が決議された。西郷は職を賭けて勝との約束を守ったのである。あとでこの話を聞いた勝は、西郷のみを信じたことが間違いではなかったと安堵し、心の中で西郷に手を合わせた。

　江戸城明け渡しは四月十一日と決まった。勝は忙しい日々を送った。旧幕臣たちを宥《なだ》め、かつて自ら準備した焦土化後の救出態勢を解除するために引渡日当日の早朝まで個別訪問を繰り返した。引渡式の間、居眠りしていた西郷とは好一対であった。

江戸開城は無事に済んだ。旧い国家権力としての幕府は、こうして平和裏に回収された。最後の将軍徳川慶喜は、新国家の方針に従い謹慎地水戸に向かった。

（五）

新政府軍は武力打倒を封じられた今、徳川家の石高を没収する手立てが見い出せずにいた。この手詰まりは、彰義隊との上野戦争で打開された。

勝に振り回された感のある大総督府に代わって、大村益次郎が前面に出てきたのである。

大村は、周防にある村医者の子で、西洋兵学に通じ、慶応元年（一八六五）には長州藩の軍制近代化を断行し、翌年の第二次長州征討に長州が勝利する軍事的基盤を作った人物である。

この大坂の緒方洪庵塾出身で塾頭にまでなった兵学者は一度も勝の影響下に入ったことがなく、官軍中で勝に劣等感を抱かない唯一の知識人であった。

大村は彰義隊の暴状と新政府軍の無力ぶりを嘆き、自ら彰義隊討滅の指揮を執った。こうして彰義隊との上野戦争は江戸総攻撃の代理戦争となったのである。大村が指揮を執ると、辰の刻（午前十時）に始まった激戦は酉の刻（午後五時過ぎ）に新政府軍の圧勝で終わった。

江戸城無血開城で無傷のまま存在している四百万石の圧力は新国家にとっては依然として脅威であったが、上野戦争はその四百万石を七十万石に値切るとともに、旧幕府権力復活の恐れを一掃した。武力征討の意図が、勝の「公」論を超えて貫徹したのである。力を得た新政府軍は残敵掃討のため東北へ向かった。

勝は、明治六年（一八七三）十月、征韓論が退けられて西郷が薩摩に帰郷した後、参議兼海軍卿就任の勅命を受けた。征韓派の西郷隆盛、後藤象二郎、板垣退助、江藤新平、副島種臣ら参議五人が辞職し、三条実美太政大臣、岩倉具視右大臣の率いる内閣は参議が卿を兼任した。

薩摩が大久保利通と寺島宗則、長州は木戸孝允と伊藤博文、肥前は大隈重信と大木喬任《たかとう》、そして徳川家から勝である。十一月に内務卿となった大久保が首班を務める政権は、大蔵卿の大隈と工部卿の伊藤を加えて藩閥体制を強め、殖産興業政策を展開した。

すなわち徳川幕府は正義を「安定」に置いていたが、明治政府はこれを「進歩」に転換したのである。

勝は各省の中堅官僚として実務に当たっている旧幕臣の代表者として動いた。技術・軍事などについて西洋に学んだ彼らは、新政府の文明開化路線を技術で支えていたのである。

『海舟語録』によると、勝は晩年において西郷を高く評価した。

「木戸、大久保、西郷は、さすがにチャーンとしていたよ。どうしてどうしてこんなものではない。ソリャア西郷が一番サ。大久保になると、少し小さくなったナ。木戸とくると、もう急いで仕方がなかった。だが、あの三人は、なかなか今の功臣のような、やにっこいものジャない。どんなことがきても、その手は夙《つと》に知っているという調子だ」

勝は藩閥政治に対する反感もあり、常に反主流派の立場をとった。西郷が西南の役に担ぎ出された際は、表面は無関心を装いつつも、西郷が再度東上し、現政府を一掃して政治革新を遂げるのを期待していた。そうなれば勝は西郷のために尽力を惜しまない覚悟を決めていた。

西南の役が激しくなると、新政府は勝が西郷の一味であるとの嫌疑をかけ始めた。故に明治十年（一八七七）九月二十四日に西郷が鹿児島の城山で戦死した時に勝は何の表明もしなかった。

勝は明治三十二年（一八九九）一月、心臓麻痺によりこの世を去った。洗足池の畔に建てられた墓碑には、「海舟」とのみ刻まれ、俗世の肩書はない。「功なく、また名なし」、勝が好んだ言葉そのものであった。

筆を擱くに際し、記したき言葉がある。

「小栗と勝の対立は幕末政治抗争史のなかでも、私怨よりも経綸で対立しあっただけに、一偉観とするに足る」（司馬遼太郎）

同感である。

あとがき

学生時代に海音寺潮五郎著『西郷と大久保』を読んで感動した思い出がある。当時、西郷隆盛を哲人、大久保利通を政治家としてとらえていた記憶がある。拙書『サラリーマン　川の両岸紀行』（島遼作）執筆過程で、さいたま市の「普門院」を訪れたのが縁で、小栗上野介忠順を主人公とする歴史小説に挑戦しようと思い立った。

もっとも、私が「普門院」で興味が湧いたのは、小栗上野介への想いというよりは、作家井伏鱒二《いぶせますじ》著『普門院さん』に描かれた普門院住職の小栗斬首に至る真相究明への執念であり、また普門院に墓のある小栗家第四代小栗忠政がその戦功により徳川家康から「又一」の称号を貰ったことや、そのことが小栗家の自慢となり代々の当主が「又一」を名乗ったことに対してである。

そこに前々から漠然と抱いていた徳川幕府滅亡への疑問が重なった。圧倒的な情報力と四百万石という諸藩を圧する財政力、昌平黌《しょうへいこう》や適塾をはじめとする教育水準の高さ等々を慮《おもんぱか》ると、薩長より幕府に軍配が上がってしかるべきなのに何故にいとも簡単に敗れ去ったのかとの疑問である。

私が九州出身であるからだろうか、幕末といえば西郷隆盛や大久保利通、桂小五郎や高杉晋作、坂本龍馬に江藤新平等々の薩長土肥《さっちょうどひ》側からしか眺めたことがなかったし、テレビ等も同じ側から伝えていたような気がする。いわゆる「勝者の歴史」である。

(何かが足りない、そうだ幕府側から幕末を見てみよう)

との想いが湧いてきた。

小栗上野介が主戦派であることを知り、薩長土肥と対比し易いのではないかと思った。そこに幕府側でも対極の恭順派である勝海舟が現れた次第である。

『西郷と大久保』と多少ニュアンスは異なるが、筆を進めるうちに〝勝に哲人、小栗に政治家〟の臭《にお》いを感じた。

こうして『西郷と大久保』が『「勝・西郷」と「小栗・大久保」』に転化した。

「勝・西郷」は大動乱を収めることができ、「小栗・大久保」は理想を現実とする実行力に優れた。「勝・西郷」あったればこそ江戸城無血開城を成し得たのであり、仮定が許されるとすれば、「小栗・大久保」が明治を生き抜いたとすれば、盤石な君主政治を確立し得たであろう。悔やまれるのは、小栗が明治を生きなかったことである。

執筆過程で同様の想いに出会った。第二十九代首相犬養毅の文章である。

「私は、近代の人々の伝記などで感嘆し、あるいは苦笑いせずにはいられないことがある。それは、今の人が、ただ勤皇だけを記録して、幕府の家臣が開国のために払った苦心を忘れていることだ。勤皇諸藩に属した人でさえあれば、上は重臣から下は一兵卒まで伝記や墓碑がつくられている。それどころか暗殺者、スパイ、侠客《きょうかく》、盗賊に至るまで勤皇側に立っていれば、その功績を歴史にとどめようとしている。……にもかかわらず、幕府に属した人々は、いかに大きな功績をあげても、それを伝える書物は極めて稀《まれ》である……」

日本全域に責任を持っていた幕府・幕臣は国民国家感覚を持ちやすい立場で

あった。中でも小栗は遣米使節団の目付としてアメリカを訪れた際に実際にその目で〝国民〟を見た。そして身分制度を前提とする封建制度を改め郡県制度として日本全域を等しく発展させようとした。特に江戸での薩摩藩（西郷）の戦略に基づく乱暴狼藉《らんぼうろうぜき》を見るにつれ、徳川幕府中心の国家構想を強く描いていった。主戦派と呼ばれた起源はそこいらにあるのだろう。

小栗の視線は幕府を超えた国家を向いており、諸外国と伍してゆくための横須賀造船所建設も、幕府滅亡さえ想定して、その時は「土蔵付き売家」として新政府に譲る覚悟でいた。小栗による横須賀ドックがあったればこそ、明治の海軍大将山本権兵衛は近代的な海軍を創設できたと言えよう。逆説的に言えば、小栗なかりせば日露戦争における日本海海戦の勝利はなかったかもしれない。明治四十五年（一九一二）夏、東郷平八郎元帥は小栗上野介の遺族を自邸に招き謝辞を述べた。

「日本海海戦において完全な勝利を収めることができたのは、軍事上の勝因の第一に、小栗上野介殿が横須賀造船所を建設しておいてくれたことがあげられます」

小栗ばかりではない。日露戦争直前の明治の海軍には、静岡県出身つまり旧幕臣の中将が八名いた。彼等はみな海軍の主流である兵科ではなく、機関科、造船科といった技術畑であった。旧幕臣の知識、技術力が、明治海軍の軍事力を根底で支えていたのである。

司馬遼太郎は『明治という国家』の中で著している。

「明治国家というのは、江戸二百七十年の無形の精神遺産の上に成立し、財産上の遺産といえば、大貧乏と借金と、それに横須賀ドックだった」

カッテンディーケからオランダ憲法に基づくオランダ国民の存在を知り、密に〝国民〟に脱皮していた勝は、蘭学や海洋術を学び、咸臨丸艦長として太平洋を横断した。徳川幕府最終章では軍事取扱いとして西郷隆盛と直談判し、江戸城無血開城に成功し江戸の町を戦禍から救った。言葉を変えれば、歴史という舞台から徳川家を見事に退出させた。すなわち、徳川家の自己否定というあざやかな退幕の筋書きを描き、見事に演じきったのである。

勝はアメリカの海軍兵学校での教育課程を見た瞬間に国家というものを一瞬に

して把握した。歴史上、日本国家をパッと捉えた人物として織田信長があげられよう。信長が勝に「勝よ、なんで徳川なんぞに仕えたのだ」と聞けば、「これも時世時節のことで仕方がありませんでしたが、最後は新しい世にそぐわぬから退出させました」と応じる風景が時空を超えて浮かび上がる。

幕末における幕内政争は、つまるところ小栗派と勝との争いだったといえよう。小栗は大派閥の領袖であり、外国奉行、海軍奉行を歴任し、何といっても勘定奉行として幕府の金庫を握っていた。一方の勝の困難さは己の天才を抑えられないがゆえに幕臣間で孤立していることであった。しかし勝はそんなことは平気である。

福沢諭吉は明治二十四年（一八九一）に著した『瘦我慢《やせがまん》の説』で勝を批判する。「徳川幕府は衰えきっていたとはいえ、あのときなぜ瘦我慢を張って戦わなかったのか。勝氏は『立国の要素たる瘦我慢の士風を傷《そこな》うたる』責任を感じなければならない」

福沢は「瘦我慢」を貫いて死んでいった小栗を敬した。明治になっても大多数の幕臣が同様の感情を抱いていたことを思うと、幕末時点での勝の苦労のほどが察せられる。勝の幕末始末（江戸城無血開城）は命を張ったものであり、口舌で非難されるような生易しいものではなかったであろうに……。

勝は自分にとっては敵だった小栗上野介を追悼する文章を残している。

「おれは小栗と政見を異にした。ことごとくに抗争した。実に迷惑した。しかし、おれもまた白刃の下をくぐっている。小栗は不幸にして白刃に倒れた。おれは幸い白刃をくぐりぬけた。そこで、向かった方向こそ違うが、同じことをやった者として、おれはお前の気持ちがよくわかる。お前は武運つたなく中道で倒れた。しかし似たような形で自己の運命を賭けたものとして、おれはお前を悔やむにやぶさかでない」

この勝の気持ちに触れたとき、「小栗が主人公の書物では勝を悪《あ》しくとらえ、勝が主人公の書物では小栗はほんの一コマですまされる」巷《ちまた》に多い小説の殻を破ろうという気持ちで筆を進めた。

小栗と勝に関係ある地も多く訪れた。

小栗関係では、神田駿河台の屋敷跡、普門院（さいたま市）、高崎市倉渕町権田の東善寺、横須賀、対馬などであり、勝関係では、生誕の地碑（両国）、赤坂田町通りや本氷川坂下の住居跡、蕃書調所跡（九段下）、軍艦操練所跡地（築地）、西郷・勝会見の地（田町）、愛宕山、洗足池、二条城、大阪城、神戸、長崎などである。

双方ともに当てはまるといえば、江戸城くらいであろうか。

そちらこちらで感じたことを参考文献の力を借りつつ綴ったのが本書である。

平成三十年七月

〈年譜〉

年号	西暦	小栗忠順	勝海舟	主な出来事
文政六年	一八二三		生誕（本所亀沢町）	
文政十年	一八二七	生誕（神田駿河台）		
天保九年	一八三八		家督相続	
天保一一年	一八四〇			アヘン戦争（清国）
弘化二年	一八四五		結婚　二十三歳	
弘化四年	一八四七	両御番（将軍警備）		
嘉永二年	一八四九	道子と結婚　二十三歳		
嘉永六年	一八五三	御進物番	海防意見書提出	ペリー浦賀来航
安政元年	一八五四	浜御殿警備		日米和親条約締結

安政二年	一八五五	父忠高病死 又一襲名	長崎海軍伝習所へ	パリ万国博覧会
安政三年	一八五六	御使番		
安政五年	一八五八		島津斉彬と会う	日米修好通商条約
安政六年	一八五九	本丸御目付	軍艦操練所教授方頭取	遣米使節団派遣決定
安政七年	一八六〇	ポーハタン号で訪米	咸臨丸で訪米	桜田門外の変
万延元年	一八六〇	外国奉行 三十四歳	蕃書調所頭取	
文久元年	一八六一	外国奉行辞任	講武所砲術師範役	第一回遣欧使節団派遣
文久二年	一八六二	勘定奉行・江戸町奉行・ 歩兵奉行 上野介命名	軍艦奉行並 坂本龍馬が門下へ	坂下門外の変 生麦事件
元治元年	一八六四	勘定奉行・軍艦奉行	西郷隆盛と会う 閉門蟄居となる	禁門の変 第一次長州征討
元治二年	一八六五	横須賀製鉄所調印		横浜仏語伝習所設立
慶応元年	一八六五	勘定奉行		第二次長州征討
慶応二年	一八六六	海軍奉行兼任 四十歳	軍艦奉行再任	薩長同盟 慶喜将軍

慶応三年	一八六七	陸軍奉行並兼任	海軍伝習掛	大政奉還 王政復古の大号令
慶応四年	一八六八	烏川河畔にて斬首さる	軍事取扱（政務一切）	江戸城無血開城
明治二年	一八六九			版籍奉還
明治四年	一八七一			廃藩置県
明治五年	一八七二		海軍大輔	
明治六年	一八七三		参議兼海軍卿	地租改正
明治三二年	一八九九		死去	

〈家系図〉

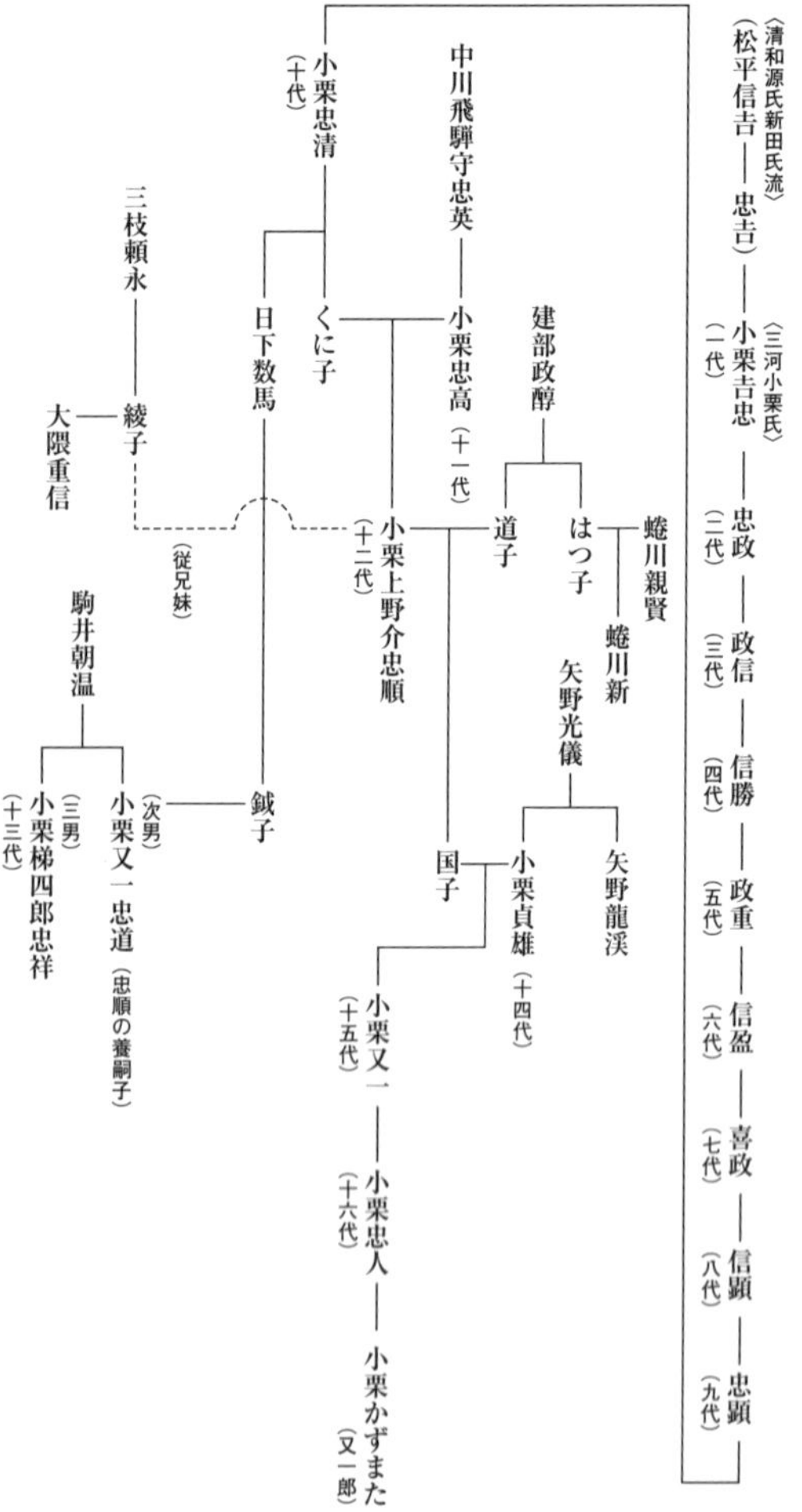
〈清和源氏新田氏流〉
（松平信吉――忠吉）
〈三河小栗氏〉
小栗吉忠（一代）
忠政（二代）
政信（三代）
信勝（四代）
政重（五代）
信盈（六代）
喜政（七代）
信顯（八代）
忠顯（九代）
蜷川親賢
はつ子
蜷川新
建部政醇
道子
矢野光儀
矢野龍渓
小栗貞雄（十四代）
中川飛驒守忠英
小栗忠高（十一代）
国子
小栗上野介忠順（十二代）
小栗又一（十五代）
小栗忠人（十六代）
小栗かずまた（又一郎）
小栗忠清（十代）
くに子
日下数馬
鉞子
三枝頼永
綾子
（従兄妹）
大隈重信
駒井朝温
小栗又一忠道（次男）（忠順の養嗣子）
小栗梯四郎忠祥（三男）（十三代）

主要参考文献

『日本の歴史⑲　開国と攘夷』小西四郎　中公文庫　一九七四年七月十日
『日本の歴史⑳　明治維新』井上清　中公文庫　一九七四年七月十日
『幕末・維新　シリーズ日本近現代史（1）』井上勝生　二〇〇六年十一月二十一日
『幕末史』半藤一利　新潮文庫　二〇一二年十月二十九日
『逆説の日本史⑱幕末年代史編Ⅰ』井沢元彦　小学館文庫　二〇一五年七月十二日
『最後の幕臣　小栗上野介』星亮一　ちくま文庫　二〇一三年十二月二十七日
『小栗上野介　忘れられた悲劇の幕臣』村上泰賢　平凡社新書　二〇一〇年十二月十六日
『遣米使節三船』村上泰賢　東善寺　二〇〇七年五月
『幕末開明の人　小栗上野介』市川光一・村上泰賢　東善寺　一九九四年十月一日
『修羅を生き、非命に死す　小説小栗上野介忠順』岳真也　集英社文庫　二〇一〇年十月十九日
『幕末維新「英傑」たちの言い分』岳真也　ＰＨＰ文庫　二〇〇九年十月十九日
『小説小栗上野介　日本の近代化を仕掛けた男』童門冬二　集英社文庫　二〇〇六年八月二十五日

『覚悟の人　小栗上野介忠順伝』佐藤雅美　角川文庫　平成二一年十二月二十五日
『大君の通貨　幕末「円ドル」戦争』佐藤雅美　文春文庫　二〇〇三年三月一日
『勝海舟　私に帰せず（上）（下）』津本陽　幻冬舎文庫　平成一九年十月十日
『勝海舟　維新前夜の群像3』松浦玲　中公新書　一九六八年四月二十五日
『氷川清話』勝海舟　講談社学術文庫　二〇〇〇年十二月十日
『海舟語録』勝海舟　講談社学術文庫　二〇〇四年十月十日
『勝海舟』子母沢寛　新潮文庫　昭和四十四年一月二十五日
『勝海舟』村上元三　学陽書房　二〇〇四年九月二十日
『勝海舟　強い生き方』窪島一系　中経出版　二〇〇八年一月三日
『勝海舟と西郷隆盛』松浦玲　岩波新書　二〇一一年十二月二十一日
『最後の将軍　徳川慶喜』司馬遼太郎　文春文庫　一九九七年七月十日
『竜馬がゆく（三）』司馬遼太郎　文春文庫　一九九八年九月十日
『竜馬がゆく（八）』司馬遼太郎　文春文庫　一九九八年十月十日
『幕末』司馬遼太郎　文春文庫　二〇〇一年九月十日
『湖西の道、甲州街道、長州路ほか』街道をゆく（一）　司馬遼太郎　朝日文庫　一九七八年十月二十日

『陸奥のみち、肥薩のみちほか』街道をゆく（三）　司馬遼太郎　朝日文庫　一九七八年十一月二十日
『神戸・横浜散歩・芸備の道』街道をゆく（二一）　司馬遼太郎　朝日文庫　一九八八年九月二十日
『本所深川散歩・神田界隈』街道をゆく（三六）　司馬遼太郎　朝日文庫　一九九五年八月一日
『三浦半島記』街道をゆく（四二）　司馬遼太郎　朝日文庫　一九九八年一月一日
『「明治」という国家』（上）（下）　司馬遼太郎　ＮＨＫブックス　一九九四年一月三十日
『歴史の中の邂逅』（四）　司馬遼太郎　中公文庫　二〇一〇年十二月二十日
『司馬遼太郎が発見した日本』　松本健一　朝日文庫　二〇〇九年五月三十日
『司馬遼太郎　リーダーの条件』半藤一利ほか　文春新書　二〇〇九年十一月二十日
『戦国と幕末』池波正太郎　角川文庫　昭和五十五年八月十五日
『一外交官の見た明治維新』アーネスト・サトウ　岩波書店　二〇〇〇年
『山岡鉄舟　剣禅話』高野澄編訳　たちばな出版　平成十五年九月二十五日
『サラリーマン出張紀行〈東日本編〉』島遼作　文芸社　二〇〇九年三月十五日
『サラリーマン出張紀行〈西日本編〉』島遼作　文芸社　二〇〇九年三月十五日
『サラリーマン休日紀行』島遼作　文芸社　二〇〇九年十二月十五日
『サラリーマン「川の両岸」紀行』島遼作　文芸社　二〇一一年八月十五日

著者プロフィール
島添　芳実（しまぞえ　よしみ）
昭和30年（1955）、福岡県に生まれる。
九州大学法学部卒業後、三菱銀行（現・三菱UFJ銀行）に入社。平成17年～19年、親和銀行（長崎県佐世保市）に業務出向。その後、東京都区内でサラリーマン生活を継続中。埼玉県在住。社会保険労務士、宅地建物取引士。

著書
（ペンネーム島遼作名で執筆）
『サラリーマン出張紀行＜東日本編＞』（文芸社　2009年3月）
『サラリーマン出張紀行＜西日本編＞』（文芸社　2009年3月）
『サラリーマン休日紀行』（文芸社　2009年12月）
『サラリーマン「川の両岸」紀行』（文芸社　2011年8月）
『“好敵手”小栗と勝「国民」に脱皮したふたりの幕臣の確執』（文芸社　2013年11月）
（島添芳実名で執筆）
『石田三成（秀吉）VS本多正信（家康）』（文芸社　2017年10月）

※本書は、2013年文芸社より発行の『“好敵手”小栗と勝「国民」に脱皮したふたりの幕臣の確執』（同著者）を底本とし再版したものです。

小栗上野介（主戦派）VS 勝海舟（恭順派）
―幕府サイドから見た幕末―

2018年9月23日　初版発行
2019年1月23日　初版第2刷発行
2019年11月23日　初版増補第3刷発行
2020年2月4日　初版第4刷発行
2023年1月19日　初版第5刷発行
著者　島添　芳実
発行・発売　創英社／三省堂書店
〒101-0051　東京都千代田区神田神保町1-1
三省堂書店ビル 8F
Tel：03-3291-2295　Fax：03-3292-7687
印刷／製本　シナノ書籍印刷

ISBN 978-4-86659-047-9